王晋康少儿科幻

U0502976

泡 泡

王晋康　著

科学普及出版社

·北 京·

图书在版编目（CIP）数据

泡泡 / 王晋康著；颜实主编 . —北京：科学普及
出版社，2018.1（2025.6 重印）
（王晋康少儿科幻系列）
ISBN 978-7-110-09703-8

I.①泡… II.①王… ②颜… III.①科学幻想小说
—小说集—中国—当代　IV.① I247.7

中国版本图书馆 CIP 数据核字（2017）第 300786 号

策划编辑	王卫英　杨虚杰	
责任编辑	王卫英　符晓静	
装帧设计	中文天地	
责任校对	焦　宁	
责任印制	徐　飞	

出　　版	科学普及出版社	
发　　行	中国科学技术出版社有限公司发行部	
地　　址	北京市海淀区中关村南大街16号	
邮　　编	100081	
发行电话	010-62173865	
传　　真	010-62173081	
网　　址	http://www.cspbooks.com.cn	

开　　本	889mm×1194mm　1/32	
字　　数	85千字	
印　　张	5.25	
版　　次	2018年1月第1版	
印　　次	2025年6月第4次印刷	
印　　刷	河北鑫玉鸿程印刷有限公司	
书　　号	ISBN 978-7-110-09703-8 / I·516	
定　　价	28.00元	

目 录

我们向何处去

就在爸爸要去被淹没的图瓦卢接爷爷的头天晚上，我做了一个梦，梦见爷爷已经死了。

梦中我可不是在澳大利亚的西部高原。这儿远离海边，傍着荒凉的维多利亚大沙漠，按说不应该是波利尼西亚人生活的地方。可是，28年前一万多图瓦卢人被迫撤离那个八岛之国时（波利尼西亚语言中，图瓦卢就是八岛之群的意思。实际上，应再加上一个无人岛，共为九岛），只有这儿肯收留这些丧家之人，图瓦卢人无可选择。听爸爸说，那时图瓦卢虽然还没被完全淹没，但已经不能居住了，海潮常常扑到我家院子里，咸水从地下汩汩地冒出来，毁坏了白薯、西葫芦

1

和椰子树。政府发表声明，承认"图瓦卢人与海水的斗争已经失败，只能举国迁往他乡"。

后来，我们就迁到澳洲内陆。我今年 12 岁，从来没有见过大海，但在梦中我非常真切地梦见了大海。我站在海岸上，极目远望，海平线上是一排排大浪，浪尖上顶着白色的水花，在贸易风的推拥下向我脚下扑来。看不见故乡的环礁，它们藏在海面之下。不过我知道它们肯定在那里，因为军舰鸟和鲣鸟在海面下飞起，盘旋一阵后又落入海面下，而爸爸说过，这两种鸟不像小海燕，是不能离开陆地的。当波利尼西亚的祖先，一个不知名字的黄皮肤种族，从南亚驾独木舟跨越浩瀚的太平洋时，就是这些鸟充当了陆地的第一个信使。然后，我又看见远处有一团静止的白云，爸爸说，那也是海岛的象征，岛上土地受太阳曝晒，空气受热升到空中，变成不动的白云，这种"岛屿云"对航海者也是吉兆，是土地神朗戈送给移民们的头一份礼物。最后，我看到白云下边反射着绿色的光芒，淡淡的绿色像绿宝石一样漂亮，那是岛上的植物把阳光变绿了。爸爸说，当船上那些濒死的男人女人（他们一定在海上颠簸几个月了）看到这一抹绿光后，他们才能最终确认自己得救了，马上就能找到淡水和新鲜食物了。

然后，我看到了梦中的八岛之群。最先从海平线下露头的是青翠的椰子树，它们静静地站立在明亮的阳光下；然后露出树下的土地，由碎珊瑚堆成的海滩非常平坦，白得耀眼。九个珊瑚岛地面都很低，几乎紧贴着海水。岛上散布着很多由马蹄形珊瑚礁围成的潟湖，平静的湖面像一面面镜子，倒映着椰子树妖娆的身姿，湖水极为清澈，湖底鲜艳的珊瑚和彩斑鱼就像浮在水面之上。这儿最大的岛是富纳富提，也是图瓦卢的首都，穿短裤的警察光着脚在街上行走，孩子们在潟湖中逗弄涨潮时被困在里面的小鲨鱼，悠闲的老人们在椰子树下吸烟和喝酸椰汁，猪崽和小个子狗（波利尼西亚人特有的肉用狗）在椰子林里打闹。

这就是图瓦卢，我的故乡。我从来没有见过它，但它在我的梦中十分清晰——是因为爸爸经常讲它，还是它天生就扎根在一个图瓦卢人的梦里？但梦中我也在怀疑，它不是被海水完全淹没了吗？图瓦卢最高海拔只有 4.5 米，当南极北极的冰原融化导致海平面上涨时，图瓦卢是第一个被淹没的国家，然后是附近的基里巴斯和印度洋上的马尔代夫。温室效应是工业化国家造的孽，却要我们波利尼西亚人来承受，白人的上帝太不公平了。

我是来找爷爷的，他在哪儿？我在几个环礁岛上寻找着，转眼间爷爷出现在我面前。虽然我从没见过他，但我一眼就认出来了。他又黑又瘦，须发茂密，皮肤松弛，全身赤裸，只有腰间围了一块布，就像是十字架上的耶稣。他惊喜地说：

普阿普阿，我的好孙子，我正要回家找你呢。我说爷爷您找我干嘛，您不是在这儿看守马纳吗？爸爸说图瓦卢人撤离后您一个人守在这里，已经28年了。

爷爷先问我：普阿普阿，你知道什么是马纳吗？

我说，我知道，爸爸常对我讲。马纳（与圣经中上帝给沙漠里的摩西吃的神粮不是一回事）是波利尼西亚人信奉的一种神力，可以护佑族人，带来幸福。不过它也很容易被伤害——就像我们的地球也很容易受伤害一样。如果不尊敬它，它就会减弱；马纳与土地联在一起，如果某个部族失去了土地，它就会全部失去。所以爷爷您一直守在这里，守着图瓦卢人的马纳。

爷爷说：是的，我把它守得牢牢的，一点儿都没有受伤害。可是我老了，马上就要死了，我要你来接替我守着它。

爷爷，我愿意听您的话。可是——爸爸说我们的土地已经全部失去了呀。明天是10月1日，是图瓦卢建国80周年。科学家们说，这80年来海平面正好上升了4.5米，把我们最后一块土地也淹没了。爷爷您说过的，失去土地的部族不会再有马纳了。

就在我念头一转的时候，爷爷身后的景色倏然间变了。岛上的一切在眨眼之间全部消失了，海面漫过了九个岛，只剩下最高处的十几株椰子树还浮在水面之上。我惊慌地看着那边的剧变，爷爷顺着我的目光疑惑地回头，立即像雷劈一样惊呆了。他想起了什么，急急从腰间解下那块布仔细查看，不，那不是普通的布，是澳大利亚国旗。不，不，不是澳大利亚国旗。虽然它的左上角也有象征英联邦的"米"字，但旗的底色是浅蓝而不是紫蓝，右下角的星星不是六颗而是九颗——这是图瓦卢国旗啊，九颗星星代表图瓦卢的九个环礁岛。爷爷紧张地盯着这九颗星，它们像冰晶一样的晶莹，闪闪发光，璀璨夺目。然而，它们也像冰晶一样慢慢融化，从国旗上流下来。

当最后一颗星星从国旗上消失后，爷爷的身体忽然摇晃起来，像炊烟一样轻轻晃动着，也像炊烟一样慢慢飘散。我大声喊着，爷爷！爷爷！向他扑过去，但我什么也没有抓到。爷爷就这样消失了，只剩下我一人独自在海面上大声哭喊：

爷爷！爷爷您不要死！

爸爸笑着说："普阿普阿，你是在说梦话。你爷爷活得好好的。今天我们就去接他。"

爸爸自言自语："他还没见过自己的孙子呢。你12岁了，而他在岛上已经守了28年，那时他说过，等海水完全淹没九个环礁岛之后，他就回来。"

爸爸叹息着："回来就好了，他不再受罪，我也不再为难了。"

爷爷决定留在岛上时说不要任何人管他。他说海洋是波利尼西亚人的母亲，一个波利尼西亚人完全能在海洋中活下去。食物不用愁，有捉不完的鱼；淡水也没问题，可以接雨水，或者用祖先的办法——榨鱼汁解渴；用火也没问题，他还没有忘记祖先留下的锯木取火法，岛上被淹死的树木足够他烧了。说虽这样说，但爸妈不可能不管他。不过爸妈也很难，初建新家，一无所有，虽然图瓦卢解散时每家都能领到少量遣散费，但也无济于事。族人们都愿意为爷爷出一点力，但大部分图瓦卢人都分散了，失去联系了。爸爸只能每年去看望一次，给爷爷送一些生活必需品，如药品、打火机、白薯、淡水等。虽然每年只一次，但所需的旅费（我家已经没有船了，那儿又没有轮渡，爸爸只能租船）已把我家的余钱用完了，弄得 28 年来我家没法脱离贫穷。妈妈为此一直不能原谅爷爷，说他的怪念头害了全家人。她这样唠叨时爸爸没办法反驳，只能叹气。

今天是 2058 年 10 月 1 日，早饭后不久，一架直升机轰鸣着落到我家门前空地上，三个记者走下飞机。他们是接我们去图瓦卢接爷爷回家的——也许说是让他"离家"更确切一些。他们是美国 CNN 记者霍普曼先生、新华社记者李雯小姐、法新社记者屈瓦勒先生。这三家新闻社促成了世界范围内对这件事的重磅宣传，因为——报纸上说，爷爷提卡罗阿是个大英雄，以一己之力，把一个国家的灭亡推迟了28年。那时国际社会达成默契，尽管图瓦卢作为国家已经不存在了，但只要岛上的图瓦卢国旗一天不降下，联合国大厦的图瓦卢国旗也就仍在旗杆上飘扬着。但爷爷终究没有回天之力，今天图瓦卢国旗将最后一次降下，永远不会再升起来了。所以，他的失败就更具有悲壮苍凉的意味。

三个记者同爸爸和我拥抱。他们匆匆参观了我家的小农庄，看了我们的白薯地、防野狗的篱笆、圈里的绵羊和鸸鹋。屈瓦勒先生叹息道：

"我无法想象波利尼西亚人，一个在大洋上驰骋的海洋民族，最终被困在陆地上。"

妈妈听见了，28年的贫穷让她变得牢骚不平，逮着谁都想发泄一番。她尖刻地说："能有这个窝，我们已经很感谢上帝了。我知道法国还有一些海外属地，那些地方很适合我们的，不知道你们能不能为图瓦卢人腾出一小块地方？"

忠厚的屈瓦勒先生脸红了，没有回答，弄得爸爸也很尴尬。

这时，李雯小姐在我家的墙上发现了一个刻有海图的葫芦，非常高兴，问："这是不是就是传说中波利尼西亚人的海图？"

爸爸很高兴能把话题扯开，自豪地说，"没错，这是一种海图。另一种海图是在海豹皮上缀着小树枝和石子，以标明岛屿位置、海流和风向，我家也有过，但现在已经腐烂了。他说，在科技时代之前，波利尼西亚人是世界上最善于航海的民族，整个浩瀚的东太平洋都是波利尼西亚人的领地，虽然各个岛屿相距几千海里，但都使用波利尼西亚语，差别不大，互相可以听懂。各岛屿还保持着来往，比如塔希提岛上的毛利人就定期拜访 2000 海里之外的夏威夷岛，他们没有蒸汽轮船，没有六分仪，只凭着星星和极简陋的海图，就能在茫茫大海中准确地找到夏威夷的位置。那时，波利尼西亚民族中的航海方法是由贵族（称阿里克）掌握着，我的祖先就是一支有名的阿里克。"

李小姐兴高采烈地对着葫芦照了很多相，霍普曼先生催促她说："咱们该出发了，那边的人还在等着我们呢。"

我们上了直升机，妈妈坚决不去，说要留在家里照顾牲畜。当然这只是托辞，她一直对爷爷心存芥蒂。爸爸叹息一声，没有勉强她。

听说今天有几千人参加降旗仪式，有各大通讯社，有环保人士，当然也有不少图瓦卢人，他们想最后看一眼故土和国旗。所有这些人将乘"彩虹勇士"号轮船到达那儿。

直升机迅速飞出澳洲内陆，把所有陆地都抛到海平线下。现在视野中只有海水，机下是一片圆形的海域，中央凸起，圆周处沉下去，与凹下的天空相连。我们在直升机的噪声中聊着，霍普曼先生说，在世界各民族中，波利尼西亚人最早认识到地球是球形的，因为，对于终日在辽阔海面上驰骋的民族来说，"球形地球"才是最直观的印象。如果哥白尼能早一点来到波利尼西亚诸岛，他的太阳中心说一定能更早提出。

直升机一直朝东北方向飞，但机下的景色始终不变，这给人一个错觉，似乎直升机是悬在不动的水面上，动的只有天上的云。法国人屈瓦勒先生把一个纸卷塞给我，说：

"普阿普阿，我送你一件小礼物。"

这是我第一次见到保罗·高更的名画。高更是法国著名画家，晚年住在法属塔希提岛上，在大洋的怀抱中，在波利尼西亚人的土著社会中——他认为这样的环境更接近上帝——重新思考人生，画出了他的这幅绝笔之作。画的名称是：

我们从何处来？我们是谁？我们向何处去？

一个 12 岁男孩虽然还不能理解这三个问题的深义，但我那时也多少感悟到了画的意境：画上有一种浓艳而梦幻的色彩，无论是人、狗、羊、猫以及那个不知名的神像，都像是在梦游。他们好像都忘了自己是谁，正在苦苦地思索着。我大声说出自己对这幅画的看法：

"这幅画——还不如我画得好呢。你们看，画上的人啦狗啦猫啦神像啦，都像是没睡醒的样子！"

三个记者都笑了，屈瓦勒先生笑着说：你能看出画中的梦幻色彩，也算是保罗·高更的知音了。霍普曼先生冷冷地说：

"恐怕全体人类都没有睡醒呢。一旦睡醒，就得面对那三个问题中的最后一个、也是最现实的一个——当我们亲手毁了自己的诺亚方舟后，我们能向何处去？上帝不会为人类再造一个新方舟了。"

图瓦卢到了。

完全不是我梦中见到的那个满目青翠、妖娆多姿的岛群。它已经完全被淹没了，基本成了暗礁，不过在空中还能看到它，因为大海均匀的条状波纹在那里变得紊乱，飞溅着白色的水花和泡沫，这些白色的紊流基本描出了九个环礁岛的形状。海面之上还能看见十几株已经枯死的椰树，波峰拍来时椰树几乎全部淹没，波峰逝去时露出椰树和一部分土地。再往近飞，看到椰树上搭着木板平台，一个简陋的棚子在波涛中若隐若现，不用说那就是爷爷居住了 28 年的地方。最高的一棵椰树上绑着旗杆，顶部挂着一面图瓦卢国旗，因为湿重而不会随风飘扬，只有当最高的浪尖舔到它时，它才随波浪的方向展平。国旗已经相当破旧褪色，但——我看见了右下角的九颗星星，它并没有像梦中那样变成融化的冰晶。

爷爷一动不动地立在木板上迎接我们，就像是复活节岛上的石头雕像。

"彩虹勇士"号游船已经提前到了，它怕触礁，只能在远处下锚。船上放下两只小划子，把乘客分批运到岛上。我们的直升机在木板平台上艰难地降落，大家从舱门跳下去，爸爸拉着我走向爷爷。很奇怪的，虽然眼前景色与我梦中所见全然不同，但爷爷的样子却和梦境中非常相像：全身赤裸，只在腰间围着一块布，皮肤晒成很深的古铜色，瘦骨嶙峋，乱蓬蓬的发须盖住了脸部，身上的线条像刀劈斧削一样坚硬。

爸爸说："普阿普阿，这是你爷爷，叫爷爷。"

我叫了一声"爷爷"。爷爷把我拉过去，揽到他怀里，没有说话。我仰起头悄悄端详他，也打量着他的草棚。棚里东西很少，只有一根渔叉、一个装淡水的塑料壶、一篮已经出芽的白薯，它们都用棕绳绑在树上，显然是为防止被浪涛卷走；地上有一条吃了一半的金枪鱼，用匕首扎在地板上，看来是他的早饭。现在是落潮时刻，但浪头大时仍能扑到木平台上，把我们还有几位记者一下子浇得全身透湿，等浪头越过去，海水迅速在木板缝隙中流走。我想，在这样的浪花飞雨下爷爷肯定不能生火了，那么至少近几年来他一直是吃生食吧。这儿也没有床，他只能在湿漉漉的木排上睡觉。看着这些，我不禁有些心酸，爷爷一个人在这儿整整熬了28年啊！

爷爷揽着我，揽得很紧，我能感觉到他对我的疼爱，但他一直不说话，也许 28 年的独居生活之后，他已经不会同亲人们交流了。这时，记者们已经等不及了，李雯小姐抢过来，把话筒举到爷爷面前问：

"提卡罗阿先生，今天图瓦卢国旗将最后一次降下。在这个悲凉的时刻，请问你对世人想说点什么吗？"

她说这是个"悲凉的时刻"，但她的表情可一点儿也不悲凉。看着她兴致飞扬的样子，爸爸不满地哼了一声。连我都知道这个问题不合适，有点往人心中捅刀子的味道，但你甭指望这个衣着华丽的漂亮姑娘能体会图瓦卢人的心境。爷爷一声不吭，连眼珠都没动一下。李小姐大概认为他没有听懂，就放慢语速重复了一遍。爷爷仍顽固地沉默着，场面顿时变得尴尬起来。大概是为了打破这种尴尬，霍普曼先生抢过话头，对爷爷说：

"提卡罗阿先生，你好。你还记得我吗？28 年前，你任图瓦卢环境部长时，我曾到此地采访过你，那时你还指着自己的院子说，海平面已经显著升高，潮水把你储存的椰干都冲走了。"

原来他是爷爷的老相识了，爷爷总该同他叙叙旧吧，但令人尴尬的是，爷爷仍然一言不发，脸上也没有表情。这么一来，把霍普曼先生也给窘住了。这时爸爸看出了蹊跷，忙俯过身，用图瓦卢语同爷爷低声交谈了一会儿，然后回过头，苦笑着对大家说：

"他已经把英语忘了！"

凡是图瓦卢人都能说英语的，尤其是爷爷，当年作为环境部长，英语比图瓦卢语还要熟练。但他在这儿独自呆了28年后，竟然把英语全忘了！爸爸摇着头，感慨不已。这些年他来探望爷爷时，因为没有外人，两人都是说图瓦卢语，所以没想到爷爷把英语忘了，却记着自己的母语。这个发现太突然，我们都有点发愣。不知为什么，这句话使霍普曼先生忽然泪流满面，连声说：

"我能理解，我能理解。在这28年独居生活中，他肯定一直生活在历史中，和波利尼西亚人的祖先们在一起，他已经彻底跳出今天这个令人失望的世界了。"他转向其他记者，"我建议咱们不要采访他了，不要打扰这个平静的老人。"

他的眼泪，还有他的这番话，一下子拉近了他和我的距离，我觉得他已经是我的亲人了。

其他记者当然不甘心，尤其是那位漂亮的李小姐，他们好不容易组织起这个活动，怎么能让主角一言不发呢，怎么向通讯社交代？不过他们没有机会了，从游船上下来一群人，欢笑着拥了过来，把爷爷围在中间而把记者们隔在外边。他们都是50岁以上的图瓦卢男女，是爷爷的熟人。今天他们都恢复了波利尼西亚人的打扮：头上戴着花环，上身赤裸，臀部围着沙沙作响的椰叶裙。他们围住爷爷，声音嘈杂地问着好，爷爷这时才露出第一丝笑容。

不知道他们和爷爷说了些什么，很快他们就围着爷爷跳起欢快的草裙舞。他们跳了很长时间，大浪不时打在他们身上，但一点儿没有影响大家的兴致。鼓手起劲地敲着木鼓（一块挖空的干木），节奏欢快热烈。男男女女围成圆圈，用手拍打着地面。女人们赤脚踩着音乐节拍，曲下双膝，双臂曲拢在头顶，臀部剧烈地扭摆着。大家的节奏越来越快，人群中笑声、喊声、木鼓声和六弦琴声响成一片，连记者们也被感染，不再专注采访任务了，都加入到舞阵中来。

爷爷没有跳，他显然是被风湿病折磨着，连行走都很困难。他坐在人群中间，吃着面包果、木瓜、新鲜龙虾，喝着酸椰汁，这都是族人为他带来的。他至少28年没有见过本民族的土风舞了，所以看得很高兴，乱蓬蓬的胡须中露出明朗的、孩子一样的笑容。有时他用手指着那个舞娘夸奖几句，那人就大笑，跳得格外卖力。

后来人群开始唱歌，是用图瓦卢的旧歌曲调填的新词，一个人领唱，然后像波涛轰鸣般突然加上其他人的合唱。歌词只有一段，可惜我听不大懂，我的图瓦卢语仅限日常生活的几句会话。我只觉得歌声尽管热烈，但其中似乎暗含着凄凉。这一点从大伙儿的表情上也能看出来，他们跳舞跳得满

15

面红光，这时笑容尚未消散，但眼眶中已经有了泪水。爸爸跳累了，坐在我身边休息，用英语为我翻译了歌词的大意：

> 我们的祖先来自太阳落下的地方，
> 驾着独木舟来到这片海域。
> 塔涅、图、朗戈和坦加罗亚四位大神护佑着我们，
> 让波利尼西亚的子孙像金枪鱼一样繁盛。
> 可是我们懒惰、贪婪，
> 失去了大神的宠爱。
> 大神收回了我们的土地和马纳，
> 我们如今是谁？我们该往何处去？

他们一遍一遍地重复着，刚才跳舞时的欢快已经消散，人人泪流满面。爸爸哭了，我听完翻译也哭了。只有爷爷没哭，但他的眼中也分明有泪光。

太阳慢慢落下来，已经贴近西边的海面，天空中是血红色的晚霞。该降旗了。人人都知道，这一次降旗后，图瓦卢的国旗，包括联合国大厦前的图瓦卢国旗，将再也不会升起。悲伤伴着晚潮把我们淹没，我们都不说话，静静地看着血色背景下的那面国旗。最后爸爸说：

"降旗吧。普阿普阿你去，爷爷去年就说过，让我这次一定把你带来，由你来干这件事。"

一个 12 岁的男孩完全体会到爷爷这个决定的深义，就像我梦见过的，爷爷想让波利尼西亚人的后代接替他，继续守住图瓦卢人的马纳。我郑重地走过去，大伙儿帮我爬上椰子树，记者们架好相机和摄像机，对准那面国旗，准备录下这历史的一刻。就在这时，一直不说话的爷爷突然说话了，声音很冷：

"不要让普阿普阿降旗。他连图瓦卢话都忘了，已经不是波利尼西亚人了。"

我一下子愣住了，爸爸和周围的族人也都愣住了。我想也许我听错了爷爷的话意？但显然不是，这几句简单的图瓦卢话我还是能听懂的。而且我立即回想起来，自从爷爷看见爸爸为我翻译图瓦卢语歌词之后，他看我的眼光中就含着冷意，也不再搂我了。我呆呆地抱着椰子树，进也不是退也不是，羞得满脸通红。爸爸低声和爷爷讲着什么，讲得很快，我听不懂，身旁一位族人替我翻译。爸爸是在乞求爷爷不要生气，他说，我一直在教普阿普阿说图瓦卢话，但图瓦卢人如今已经分散了，我们都生活在英语社会里，儿子上的是英语学校，他真的很难把图瓦卢话学好。

爷爷怒声说："咱们已经失去了土地，又要失去语言，你

们这样不争气，还想保住图瓦卢人的马纳？你们走吧，我不走了，我要死在这里。"

爸爸和族人努力劝说他，劝了很久，但爷爷执意不听。这也难怪，一个独居了 28 年的老人，脾气难免乖戾古怪。眼看夕阳越来越低，爸爸和族人都很为难，急得团团转，不知道该怎么办。几位记者关切地盯着我们，想为我们解难，但他们对执拗的老人同样毫无办法。这时，我逐渐拿定了主意，挤到爷爷身边，拉着他的手，努力搜索着大脑中的图瓦卢话，结结巴巴地说：

"爷爷——回去——"爷爷看看我，冷淡地摇头拒绝，但我没有气馁，继续说下去，"教普阿普阿——祖先的话。守住——马纳。"想了想，我又补充说，"我一定——学好——爷爷。"

爷爷冷着脸沉默了很久，爸爸和大伙儿都紧张地盯着他。我也紧张，但仍拉着他，勇敢地笑着。我想，尽管他生气，但他不可能不疼爱自己的孙子。果然，过了很久，爷爷石板一样的脸上终于绽出一丝笑意，伸手把我揽到他怀里。大伙儿如释重负地松了一口气。

最后，仍是由我降下了国旗。我、爷爷、爸爸上了直升机，其他人则乘游船离开。太阳已经落到海里，黑漆漆的夜幕中，灯火通明的游船走远了。直升机在富纳富提的正上空

19

悬停，海岛、椰子树和爷爷的棚屋都淹没在夜色中，海面上浮游生物的磷光和星光交相辉映。登机前爷爷说，把椰子树和木棚烧掉，算是把这块土地还给朗戈大神吧。离开前我们在它上面浇上了柴油，最后的点火程序，爷爷仍然交给我来完成。爸爸箍着我的腰，我将火把举到机舱外（怕引起舱内失火），用打火机点燃了它，然后照准海面上影影绰绰的木棚轮廓扔下去。一团明亮的大火立即从夜空中暴起，穿透水雾，裹着黑烟盘旋上升。直升机迅速拉高，绕着大火飞了两圈，我们在心里默默地同故土告别。爷爷把我拉进去，关上机舱门，我感觉到他坚硬的胳臂紧紧搂着我。然后，直升机离开火柱，向澳大利亚方向飞去。

月球进行曲之前奏

施天荣扫视了一下屋里的五个人，对董事会秘书安妮说："这边的人到齐了，把全息视频接通吧。"

他是昊月公司的董事长兼总经理。昊月公司是一个跨国公司，注册地在基里巴斯，但股东来自全世界各个国家。七个董事中，除施天荣外，还有中国人陈大星、沙特人阿米兹、美国人罗伯特、印度人拉赫贾南、德国人施罗德、以色列人莫法兹。公司从事在月球开采及销售氦-3业务[①]，

[①] 氦-3是氦的同位素，含有两个质子和一个中子，可以和氢的同位素氘发生热核聚变。在这一过程中产生的中子很少，所以放射性小，易于控制。估计100~200吨氦-3可满足地球上一年的全部能量需求。但地球上氦-3的已知储量只有约15吨，难以满足需要。科学界对月球氦-3储量的估计，从数百万吨到上亿吨不等。按保守估计，够地球使用数万年。

也是全球经营此项业务的唯一公司。今天是应施总的要求召开的临时董事会。安妮打开全息视频的开关，立时一个穿工装的人闪现在会议桌旁——当然这只是罗伯特的全息影像，他本人还在月球呢，罗伯特董事又兼月球基地的总管。

施总向他伸出手，说："人到齐了，开始吧。"

过了两三秒钟后罗伯特才伸手同施总相握（因为信号传递的时滞），点头说："开始吧。"

施总说："今天是一次很重要的会议，议题已经提前一星期发给各位了。说正题之前，首先得回顾一下昊月公司的历程。21世纪初的10年，各大国竞相开始登月工程，主要目的之一，就是为了月球上丰富的氦-3资源。天下逐鹿，唯捷足者先得之，谁也没想到最后的胜利者竟是我们这家私人企业。这有力证明了私有企业的优越性，以及国有企业的僵化，不管它是在中国还是美国，哈哈。"各个董事也都笑了，只有美国人罗伯特的笑容因时滞晚了几秒钟。"出身草莽的中国企业家一向注重'捞第一桶金'，我们正是这样做的，这十年来可是捞了个钵满罐溢。这主要得益于三点：一，月球从法律上说还是无主地，不用向谁交资源税；二，公司注册地基里巴斯是个低所得税国家；三，一吨氦-3的开采及运输成本为3亿2千万元人民币，也就是大约 8000 万美元 ①，而目前市场价为 100 亿元人民币，利润为 3000%。我们占尽了天时、地利、人和，想不发财都不行。但是——"他扫视了大家一眼，面色变得凝重，"我们的好日子就要到头了。也难怪，我们赚钱赚得太疯狂，任谁都会眼红的。目前，联合国已经通过了'世界反垄断公约'，将迫使那些尚无反垄断法的国家，如基里巴斯，尽快通过本国的反垄断法。按我的估计，最多一两年之后，昊月公司将被迫拆解、分立。"

其他董事都知道这些情况，静静地听着。

"想到这么好的公司，我们 20 年呕心沥血的结晶，就要被分解，实在心有不甘哪。"施总笑着说，然后复归严肃，"但我不愿公司被分立还有更深刻的原因。其实，科学的发展必将导致技术的垄断，这是无法更改的趋势。这是因为，新技术开发的费用越来越高，比如当电脑芯片的线刻宽度缩小到 0.05 微米即超紫外光加工时，研发费用将达上万亿美元，是任何一个国家都无力承担的，它自然要导致技术独裁。氦 -3 开采也是一样，且不说它所需要的巨量资金，只说产能，我们一个公司的 200 吨产能足以应付全球的能源需要，哪里用得着再成立一个公司？过去，垄断常被看成万恶不赦，因为

---

① 这儿假定美元对人民币的比值已经调整到大约 1:4 —— 2026 年的美国联邦储备委员会主席对这个结果一定是相当满意。

垄断若和人类的贪婪本性联手，就将大大阻碍社会的进步。这是对的，也已经被过去的历史所证实。但人们忘了，人类也是在进步的，开明的、有社会责任心的企业家们已经不再把利润作为唯一的追求目标，比如比尔·盖茨就把所有财产回报社会了。所以，只要企业家能高度自律，垄断完全无害甚至有益，因为它避免了无序竞争或恶意竞争，消除了人类社会的内耗。所以，我想努力促成这件事：在保证企业家高度自律的前提下，把反垄断法扔到历史的垃圾堆里。"

这个意见他私下已经同大家交流过，几个董事虽然同意，但认为这个想法太超前了。不过看来施天荣已经决心推行它。施总接着说：

"当然，我还达不到盖茨的境界，让我捐献全部财产而把儿子弄成个穷光蛋，我还下不了狠心。我估计各位也大都如此——可能罗伯特除外。但我们至少应做到，把本来应交的资源税全部回报给社会，这样能有效减少社会对我们的敌意。这也就是我今天要说的意见。"

下面是各个董事发言。由于已经有了充分的会前沟通，所以董事会很快就以下两点达成一致：

1. 昊月公司必须建立高度的自律，包括主动大幅降价和投身大规模的公益事业。

2. 借助舆论，尽量抵制对公司的拆解——即使办不到，也要把这一天尽量推后。

下面施总说:"很好,关于这两点董事会已经通过了,至于公司要做的第一个公益项目和近期应抓的舆论宣传,陈大星董事有一个很好的提议,让他说吧。"

陈大星走到屏幕前说:"这个想法是我在中文网站上浏览时偶然见到的。那是个青少年网站,网上经常提到一些娱乐消遣的主意。有一个主意牵涉到我公司,而且有很多尖刻的话,所以我仔细看了两遍,看后发现,其实我们可以借用它的构想。现在请看有关内容的摘录。"

黑板上投影出以下内容:

……

乖乖龙的冬(网名):我忽然有个想法:到月球上举办一次青少年夏令营!蓝色"地光"下的月面漫步,低重力跳高跳远比赛,操作太空挖掘机挖洛格里特——知道不?这是月壤的正规叫法……一定爽呆了!

华西丽莎:好主意!吻你!我头一个报名。

小天狼星:你们傻啊。去月球旅行一次的费用是1亿美元,谁掏得起?也许你们谁谁是亿万富翁的公子?

乖乖龙的冬：你才傻！你说的那个费用是 20 年前的老黄历了，现如今昊月公司的货运飞船运费低多了，大约每吨重的运费是 1 亿元人民币。咱们要是坐货运飞船去——当然条件简陋一点啦，我估计每人的花费不会超过 1000 万元人民币。

小天狼星：1000 万还算小数目？那是我老爹 100 多年的工资。

红莲花：是我老爹老娘加起来 180 年的工资！乖大侠站着说话不腰疼！

乖乖龙的冬：你俩这种土鳖，我真懒得开导你们！谁让你们掏钱啦？让昊月公司掏！他们从不交资源税，利润率 3000%，钱多得没处花。让他们出这点血是便宜他们。要是一毛不拔，哼，咱们合作收拾它！

华西丽莎：好主意！咱们联合起来逼昊月公司出血，否则骂他们个七荤八素。

小天狼星：能这么着倒也不错，那我也算一个！

……

陈董事关闭了投影仪："就看到这儿吧。这是 3 天前的事，如今那个网站上还在鼓噪这个月球夏令营呢。说不定他们真能鼓噪成气候，那时我们就被动了。我和施总商量，干脆借力打力，举办一个免费的月球夏令营，参加人员大致为50人左右，花费嘛也就是让嫦娥一号货运飞船空跑一趟的费用，再加上货运飞船改客运的改装费。我和工程部门合计过了，50亿肯定能包圆儿。这样下来，也就是每个营员1000万，那个乖乖龙的冬的估算相当准确。"

即使对昊月公司这样的公司来说，50亿人民币也不是小数目。其他几个董事沉吟着，没有立即回答。陈大星解释道：

"施总还有一个很好的想法：我们可以先规定一个条件，即月球夏令营的参加者必须是有志于太空开发的青少年。换句话说，这次夏令营可以看做是昊月公司的黄埔一期，这50个青少年将是昊月公司未来的中坚，50亿元可以当做我们预投的实习费。这么一来，虽说是公益项目，但我们花的钱还是会有收获的。这是一箭双雕的好事。"

月球基地的罗伯特最先把他的意见送过来："董事会既然已经决定把未交的资源税全部回报社会，50亿元就不算什么了。我同意陈董的建议，这件事如能操作成功，一定能吸引全球的眼球，对公司也是个很好的宣传。"

德国人施罗德和身边的沙特人阿米兹低声商议片刻，说："我对陈董的提议也大体同意，但请认真考虑安全问题。虽说我们的货运飞行已经相当安全，故障率不超过1%，但毕竟还有危险。一旦失事，50 个人的赔偿将是一个天文数字。"

施总替陈董回答："这点我也考虑到了。因为这是公益活动，万一飞船失事，公司不承担额外的赔偿责任，只负责丧葬费。我打算在组建夏令营时就要先签好有关的法律文书。"施罗德轻轻摇头，觉得董事长的想法有点一厢情愿的味道。施天荣知道他的想法，笑道："当然，这样的规定有一个前提，那就是我要和他们乘坐同一班次的飞船，享受同样的待遇——如果我意外死亡，同样不要求公司的赔偿。这样一来，营员们应该能同意吧。还有一点，由货运飞船改客运，条件一定相当简陋的，我和营员们同甘共苦，就不会有人提意见了。"

大家觉得这个安排还是可行的，施总既然身体力行，与营员们共担风险（其实他乘坐"嫦娥一号"去月球已经是家常便饭了），估计那些热血青年们都会做出"不要赔偿"的承诺。而且董事们也从施总的打算中看到他决意推行此事的决心，于是很快就形成了董事会决议。

安妮把决议稿打印出来，各位董事签了字。施总对秘书说："立即在网上发布吧。你安排个时间，我要在网上接受采访。"

昊月公司董事会的决议第二天在网上公布。公司对月球夏令营的营员只有两个要求：

1. 周岁 12 岁以上，18 岁以下，身体健康；

2. 立志从事太空开发。

其他不做任何限制，实施完全的网络民主，由网民自己报名，自己组织评选。这个决议立即在网上引爆了原子弹，一时间好评如潮。这是很难得的，网评的苛刻众所周知，网民们在真实生活中可能都是谦谦君子，一旦到网上就原形毕露了，个个尖酸刻薄，狂得没边，天王老子第一我第零，越是名人越容易挨砖头，所以凡是名人都怕网上舆论。但这次网上却几乎是一边倒地赞扬！几个最先撺掇此事的孩了们没想到昊月公司这么快就有了反应，而且一出手就是 50 亿的大手笔！且不说这事能否最终实现，单说自个"受重视"的感觉，也让他们沾沾自喜，所以也就投桃报李，毫不吝啬对昊月公司的赞扬。

这天施天荣回到家，儿子施吴小龙主动迎上来，嬉笑着说：

"老爹这回干得不错！不愧是世界首富的气魄！如今在网上你的崇拜者可不少啊，老实说，连我都有点崇拜你了。"

这正是施天荣想要的社会效果，不过他没想到还有附加的家庭效果。常言道"丈八烛台照远不照近"，世界首富在自己儿子眼中可从来不是伟人。施天荣在朋友中自嘲，说他在公司中是一把手，在家里是三把手，要受妻子和儿子的双重领导。这会儿他笑道：

"能得到我儿子的夸奖，真是太难得了，太难得了！"

29

"这说明我对你没有偏见嘛,只要你真有优点,我还是能及时给予表扬的。"

"是吗?那我太感谢你了。你也打算报名吗?"

"当然!这种热闹事能少得了我吗?"

施天荣略略沉吟,从心底说,他不想让儿子报名。昊月公司这次出血50亿举办夏令营,最重要的目的是抵制拆解公司的压力,如果媒体抓住儿子做文章,说他利用职权让儿子坐顺风车,那就难免干扰大方向。不过他考虑片刻,决定不干涉儿子的自由。反正儿子要参加网络评选,几亿网民中选中50个,轮到他的机会太小了。施天荣决不会利用自己的影响帮儿子入选,既然如此,乐得随其自然。于是他衷心地说:

"好的,祝你能入选!"

儿子自信地说:"我绝对会入选的,你就等好消息吧。"

7天后,施天荣在网络上接受了视频和语音采访,这和电视采访的形式不同,采访中他始终位于屏幕上,而提问题的网民的头像则随时切换。他为这次访谈做了充分的准备,回答起来思路清晰,侃侃而谈,举重若轻。

施:大家已经知道的我就不多讲了。昊月公司成立15年来,的确从来没交过资源税。但并不是我们偷税，而是无处可交。从国际法上讲，月球属于无主地，其实应该由我们这些月球常住民成立一个月球共和国，自己给自己交税。但今天我不打算扯什么法律，不想和社会玩太极推手。我愿代表昊月公司宣布，本公司所有应交而未交的资源税全部回报地球社会，用于公益事业。这次的月球免费夏令营只是第一步。

西风瘦马： 欢迎昊月公司的决定，全世界的青少年都会感谢你们。但你们选营员的条件太苛刻啦，长大后不从事太空开发的人就不能报名参加？不公平！

施： 很遗憾，这个条件不能放宽，务必请你理解。私人公司的金钱也是社会的财富，同样应精打细算充分利用。如果办夏令营的同时又能培训太空开发的技术管理人员，等于为这50个孩子的人生提前准备了一架天梯，于社会、于个人都有好处，何乐而不为呢？

Nasser： 施先生说把未交的资源税回报社会，我看远远不够。上一任世界首富比尔·盖茨在去世前已经把所有财富回报社会，请问施先生，作为今天的世界首富，你能做到吗？

施：有可能做到，但我还没有最终决定。我是想以此为筹码为所有创业者争取平等。你希望成功者捐出财富，可失败的创业者有人关心吗？太空开发初期风险极大，不光是经济上的风险，还包括生命上的风险。我们的第一次货运飞船发射时，竟然找不到保险公司来担保！如果当时我失败了，我本人倒是一死百了，儿子将变成一个衣食无靠的孤儿。所以，我希望社会能做到以下的公平：凡创业者如果能事先承诺以所赚得的利润全部回报社会，那么，他如果破产或死亡，其家属有权得到较高的社会救助，比如，得到其损失投资额的三分之一或更多。我希望这成为 21 世纪新的行为规范，创业者与社会形成良性互动。

千年虫：很佩服你的直率，也佩服你的超前设想。问一个问题，这次月球夏令营除了跳高跳远比赛等，能否来一次月球漫游？我很想逛逛冷海、澄海、酒海和宁静海。

施（微笑）：恐怕这一次不行。在月球漫步需要 50 件舱外太空衣，这又是 5 亿投资。目前，月球基地上多使用低廉的舱内太空衣，因为舱外太空衣太贵了，每件 1000 万人民币。我想，你不会忍心让我

33

因本年度财务亏损而引咎辞职吧？再说，月面漫游还有一个安全问题，月球上的流星可没有大气层保护。

乖乖龙的冬：我们当然不希望施总辞职啦，还等着你来推动第二届月球夏令营呢。不过安全问题不用太多虑，凡是敢上月亮的人已经把生死置之度外了。真要被流星击中，就请在月球上进行太空葬，更不要赔偿。

施：要不要赔偿我们都得追求绝对安全。很遗憾，月面漫步只能等下一次了。如果大家没有别的意见，这事就算定了，请网民们自己组织报名和选举，1个月后把名单报到昊月公司来。

自网上访谈之后，施总有7天没有回家。他一向是这样，凡公司的重大举措他是要一抓到底的。夏令营项目已经开始实施，有很多工作要做，包括货运飞船的改造、安全问题的检查、营员活动与正常生产的衔接等。这天他回家，妻子吴雪茵笑着问：

"远方的客人回来啦？这次打算在这个旅馆里住几天？"

施天荣笑她："瞧，你怎么变成一个怨妇啦？这可不像往日的吴女士。"

"哼，你忙，儿子也忙，一放学就待在网上，在家就像不在家。如今屋里只有我一个人茕茕孑立，形影相吊了。"

妻子身体不好，45岁就退休了。如今她的生活重心全在两个男人身上，尤其是儿子。她总想把儿子保护在羽翼下，但17岁的儿子已经不需要这些了，这让当妈的很有失落感。饭桌上施天荣问儿子在忙什么，儿子说：

"那还用问？网上评选呗。网民们先推举了几个联络员，我是其中之一。"

施天荣有点意外——没想到儿子能被推为联络员，沉吟着没说话。还是那个原因，他不想让儿子在此事上参与太深。小龙非常敏感，立即问：

"有什么问题？是不是您说过的'瓜田李下'？"

"没错。商场如战场，脑筋不复杂不行。昊月公司举办这次夏令营，确实是心地坦荡，没有暗箱操作。但你如果参与太深，难免遭人怀疑。咱们又何必落这个话柄哩？"

小龙立即反驳："既然心中无鬼，为啥要担心别人怀疑？我又没打您的旗号，一直是使用网名参选。难道一定要加一条：施天荣的儿子没有参选资格？这是另一种形式的不公平，是对名人子弟的歧视。"

施天荣摇摇头，没有同儿子争论下去。当然，儿子说得都在理，但世上的事并不都是按常理出牌的。好在儿子是匿名，就由他去吧。

有关月球夏令营的一切都在顺利地进行着。货运飞船已经加装了可拆式简易座椅，工程师们精打细算，使改造费用低于原来的预算。罗伯特负责夏令营活动的安全工作，他在精心筹划之后对施总立了军令状，说可以保证万无一失。那边，网上的评选进行得如火如荼，全世界有两亿青少年参与报名，各媒体竞相报道，对昊月公司的社会责任感大加赞扬。公司宣传部门喜气洋洋地说：多少亿的宣传费都达不到这样的效果啊！鉴于公司设的"夏令营网站"点击率极高，不少企业想在上边做广告，下边人不敢做主——这是公益网站，他们怕把广告扯到一块儿，造成不良影响，于是来请示施总。施天荣略略考虑，干脆地说：

"做！不过，所收广告费不用交昊月公司，直接捐给国际红十字会和红新月会就行。"

几天后，施总到月球基地去了一趟，亲自检查基地上的准备工作。月球总部设在月球南极，因为这儿差不多常年有光照，便于使用太阳能。不过，他去的那天恰逢这儿的夜晚，蓝色的大月亮（地球）把水一样的明亮蓝光洒在月球的荒漠上，是那种如梦似幻的光华，漂亮极了。基地外，几十台太空挖掘机在进行露天采挖，操作手在密封驾驶舱里向施总招手致意。挖掘机非常安静——即使有噪音，在没有空气的月球也不能传递。坚硬的月壤被挖起来，送往基地的提炼厂，在那儿太阳风 46 亿年来吹洒在月壤中的氦 -3 将被提取，送往地球，成为干净高效的能源。施天荣对陪他视察的罗伯特说：

"这样的蓝色月光真是百看不厌啊，相信对那 50 个营员来说，这次月球之行将成为他们终生的宝贵回忆。"

罗伯特笑着说："我记得你的生日是 1969 年 7 月 20 日吧，很巧，正是阿波罗登月的那一天，你的一生注定要和月球为伴。"

施总感慨地说："57 年的变化太快了，尤其是对中国人来说。半个世纪前我还是山里的穷孩子，只知道吴刚嫦娥的神话。现在呢，孩子们都能在月球举办夏令营了！噢，对了，听说你准备学比尔·盖茨，不给孩子留遗产，去世前要把所有财产全部回报社会？"

"嗯，我打算这么做，内人和孩子都无异议。"

施总由衷地说："我很佩服你，我觉得美国的富人是真正的开明，什么时候全世界的富人都像盖茨和你就好了。老实说我还做不到，并不是守财，而是不忍心剥夺儿子的幸福。"

罗伯特笑着说："也许你儿子比你更开明呢。"

"但愿吧。"

太空车内的电话响了，说地球上的总部安妮秘书来电话，有急事向施总汇报。电话转过来，安妮急急地说：

"施总，网上评选出的 50 个营员名单已经出来了，你猜第一名是谁？是乖乖龙的冬，那个最先提出月球夏令营建议的网民！"

"这很正常啊，他是发起者，当然容易被选上了。"

"但施总知道乖乖龙的冬是谁吗？我们已经同入选的各人通了电话，了解了他们的真实身份，他是你的儿子小龙！"

施天荣愣了。他一直不愿让儿子在这件事上参与太深，但他绝对想不到，原来儿子既是始作俑者，又成了第一名营员！难怪这个"乖乖龙的冬"对公司的情况如此了解。他心中隐隐作痛——父子之间太隔膜了，儿子这么多活动，当父亲的竟然一概不知，连儿子常用的网名也不知道。而且——第一个在网上鼓噪"昊月公司不交资源税"要公司"出血"，否则就要合伙收拾昊月公司的家伙，竟然是自己的儿子！

这些且不说它，现在他最担心的是：这个消息如果捅出去，肯定有人怀疑父子俩是在演双簧，公司精心策划的这个宣传，效果肯定大打折扣。他问安妮：

"乖乖龙的冬的真实身份泄露出去了吗？"

"没有，目前只有我知道。"

"你做得好，请继续保密，我尽快赶回去处理。"

他苦笑着挂了电话，罗伯特一直同情地看着他，劝道：

"没什么大不了的，小龙既然是按正当的程序被选上的，就让他参加吧。"

施天荣直摇头："不行，你们西方人的脑筋太简单了。你想想，当儿子的带头拆老爹的台，逼老爹的公司出血，外人怎么能相信？他们肯定认为是父子串通，小骂大帮忙。不行，我得让他赶紧退出，匿名退出去。"

罗伯特警告说："这不一定是好办法，纸里包不住火。"

施天荣叹口气："反正不能让他参加，我得考虑一个万全之策。"

飞船返回时，等发射窗口耽误了几天，等到他与儿子见上面时，小龙已经是严阵以待。父亲说：

"原来是你提的建议啊，是你第一个鼓噪昊月公司不交资源税，要逼着我们出血。"

他说得很平静，但难免带一点酸味。小龙嬉皮笑脸地说："是啊，我这是'大义灭亲'。"

"哼，原来施天荣的儿子也有仇富心理？当年我若是失败，你小子正在捡垃圾哩。"

"捡垃圾也饿不死我。不过毕竟您是成功了，对富人要求严一点并不为过。"

"这些不说了，但你一定要退出夏令营。编个理由，仍用那个网名退出。虽然在这件事上咱们没有任何暗箱操作，但瓜田李下，不得不防。你别忘了，美国的登月行动还曾被怀疑为造假呢，怀疑论者竟然为此鼓噪了 50 年。你要去月球等以后再说，我给你提供旅费。"

他估计儿子肯定会反抗的，但出乎意料，儿子的眼睛转了两圈，非常干脆地答应了，弄得施天荣准备了一肚子的理由没了着力处。儿子答应后就平静地离开了，回到自己的书房。施天荣心中一块石头落地，于是驾车去公司。但途中他已经感觉隐隐不安，依多年的商战经验，凡事若太顺利，常常暗藏玄机。这一回问题会出在哪儿？施天荣一向以思维敏捷著称，但——如今网络上事件进行的速度实在太快了。还没等他思考成熟，安妮秘书已打来电话，让他赶紧上网看看，说小龙已经把10分钟前两人的谈话捅到网上，网上已经乱成一锅粥了！他赶紧停下车，用手机上网。原来儿子对这次谈话早有预谋，把谈话秘密录下，在网上做了直播。直播中施吴小龙坦然承认了自己的身份，但他保证他的所有行事（包括那个建议）父亲并不知情。他说，如今父亲大人逼我匿名退出，但我不会屈服于施总的权威。君子坦荡荡，心中没鬼，我不怕别人的怀疑。现在我把所有实情全部公开，究竟我该怎么办，听大家的公断。

砖头很快就拍过来：

"欲盖弥彰！一定是你们父子合谋！"

"鬼才信你的坦荡荡！"

但正面的意见远远超过反方：

"相信乖乖龙的冬！"
"君子坦荡荡，小人长戚戚！"

然后把矛头对准他的父亲：

"姓施的什么玩意儿，竟敢篡改两亿网民的选举结果？他以为自己是谁，秦始皇？成吉思汗？希特勒？"
"施天荣是假道学假正经外加伪君子！"

网上的进程就像是添了时间加速剂，被选上的另外49人私下进行了串联，仅仅两个小时后，施总回到办公室时，一份49人联合声明已经登在网上：

相信乖乖龙的冬的清白；
施天荣董事长看似高姿态的决定，其实是对网民意志的亵渎；
49人与乖乖龙的冬同进退，如果昊月公司仍坚持让乖乖龙的冬退出夏令营，我们也将退出。

施天荣还不大习惯网上的尖刻,让这些砖头(正面的和反面的)拍得面红耳赤。不过心中也很欣慰,儿子这么一闹,歪打正着,反而给出一个满意的结果。细想想自己的做法确实不妥,假如儿子真的匿名退出,事后又被捅出来,那才是屎不臭挑起来臭,到那时有一千张嘴也说不清了。正在这时,他看到了儿子的帖子:

施总老爹大人阁下,这会儿您是不是在网上?您还让我匿名退出吗?哈哈,匿名也来不及啦!

施天荣只回了三个字:

臭小子!

3天后,被选上的50名幸运者在昊月公司总部集合。施天荣在公司门口亲自迎接,夫人吴雪茵也来了。由于这件事最先是在中文网站上折腾起来的,所以50人中中国人比较多,竟占到21名。施天荣曾觉得这个比例太大了,很想"高姿态"地平衡一下,但想想此前的教训,这句话一直没敢提起。事后证明他不提是对的,因为没有任何人对"中国人比例过高"提出异议。网民们只关心评选是否公正,不关心什么"比例""平衡"之类的因素。其他29名营员来自各个国家,黑白棕黄各色俱全,50个营员把施总围在中间,人人眼中跳荡着对太空之旅的向往。

施吴小龙作为营员的代表，向爸爸郑重地呈交了 50 人签名的承诺书，内容是：

> 所有参加人承诺，成年后将从事太空开发事业。
>
> 如果活动期间发生意外，各参加人都不要求任何赔偿。在不造成太空污染的前提下，请就地实行简易太空葬（我们愿永远守在寒冷的外太空，默默守护着过往的旅人）。

他们还非常周到地在 50 人中做了专业分配，有人搞太空采矿，有人攻太空运输，有的研究太空营养学，有的研究太空生物学，等等。这里面有一个学文的，即网名为"华西丽莎"的那位小丫头，以雄辩的理由挤进这堆理工学生中。她说：凡认为太空开发不需要文学的人，都是无可救药的技术至上主义者。月球基地需要飞船船长和挖掘机工程师，同样需要太空诗人！她说她来自唐朝著名边塞诗人岑参的故乡（南阳），岑参的许多著名诗句，如"北风卷地白草折，胡天八月即飞雪""一川碎石大如斗，随风满地石乱走"等，虽 2000 年后读来，仍使人血脉喷张。而她愿步岑参之后尘，为人类留下壮丽的新边塞诗歌。

施天荣被她的激情所打动，痛快地裁定，太空诗人这一职业符合公司先前定的条件。

儿子做事总是出人意料，在送交这份承诺书后，他随即又宣读了一份个人声明：放弃对父母财产的继承权，大学毕业之后他就自立，拒绝父母的抚养。

这个声明太突然了，施天荣和妻子都颇为怅然。从骨子里说，他俩是很传统的中国人，家业都是为儿孙挣的，其实他们自己的日常生活一直比较简朴。现在儿子突然来这么一手，让他们的父爱母爱没了着力处。当妈的尤其心疼，如果儿子大学毕业就自立，他的日子至少在若干年内会相当艰苦。她劝道：

"今天只谈月球夏令营的事，放弃遗产的事日后再说吧。"

儿子不答应："不必了，我今天宣布的决定不会再更改了。妈您放心，总不能让我不如比尔·盖茨的儿女们吧？"

施天荣也想开了，笑道："那我和你妈总不能比不上比尔·盖茨夫妇吧？行，我答应你。我也宣布，我们夫妻俩的财产将在去世前全部回馈给社会。我将很快成立一个慈善基金会，负责这些善款的使用。希望我们退休后，这个基金会由你接班。"他转向大伙，"好啦，到这儿为止，可以说是结束了月球进行曲的前奏，下面要进入主旋律了。请大家到公司培训中心，开始太空之旅的正式培训！"

泡　泡

　　孩子们，人类的逻辑思维能力是上帝对人类最宝贵的恩赐。这么说吧，正是由于人类大脑基因的某种变异，使其具备了超越直观的形而上的思维能力，人类才超越了动物的范畴，才能避免尼安德特人的悲剧。

　　逻辑思维的威力在物理学和数学中得到最充分的体现，早在科学启蒙时期，伽利略就用思想实验的办法，推翻了曾被学术界奉为圭臬的"物体自由落体速度与重量成正比"的理论，这甚至是在他那次著名的比萨斜塔实验之前。他是这样驳难亚里士多德的：把一个重球 A 与一个轻球 B 绑在一块儿，那么整体的 AB 当然要重于 A 或 B。按照上述理论，AB 肯定比两球单独下落时的速度快；但换一个角度思考，因为 B 轻于 A，它的下落速度当然比 A 慢，这样，把两者绑在一起时，B 肯定要延缓 A 的速度，这就使合球 AB 的速度快于 B 但肯定慢于 A。两种推理是不是都对？是的，都完全正确，但结论却相反。所以，唯一的可能是推理所依据的平台，即那个理论错了。你们看，多么简洁明快的推理，却又无懈可击。有了这个推理，其实根本不用再爬到比萨斜塔上扔铁球了。

伟大的相对论更不用说了，它简直是一人之功，是一个天才大脑的杰作。爱因斯坦通过纯粹的思想实验，得出"光速不变"和"引力与加速度等效"的顿悟，彻底颠覆了人们奉为"绝对真理"的平直时空。爱因斯坦自己说，那对于他来说是"幸福的思想"。

其实还有一个著名的思想实验，只是常被人们忽略，那就是驳难时间旅行的"外祖父悖论"——你如果可以返回过去，就有可能杀死你的外祖父；但如果他在未有儿女之前被杀，怎么可能出现一个返回过去改变历史的你？这个驳难也无懈可击，所以唯一的结论是：时间旅行不可能。

这个思想实验之所以一直被人忽视，是因为其中掺有人的因素——人有自由意志，所以他们完全可以不杀自己的外祖父嘛。这种思考角度是完全错误的，人类作为群体而言其实并没有自由意志，比如，谁也不能保证在10万个时间旅行者中没有一个想杀死自己外祖父的人，那人可能是神经错乱，或者干脆是个狂热的科学信徒，不惜杀死外祖父来求验这个悖论。而只要有一个过硬的反证，也足以推翻一条物理定律。

所以，孩子们，我要让你们失望了，我在这儿可以断言，无论是你们，还是你们的子孙后代，都甭指望去体验时间旅行，1000万年后也不可能，它永远只能存在于科幻小说中。但也不必失望，时间旅行不可能实现，并不意味着超维旅行——指超出三维空间的旅行——就不可能。至少到目前为止，没有哪个思想实验能证伪它——当然也还没有证实。它究竟能否实现，也许就靠你们中某一个天才大脑了。

理论物理学家陈星北 2017 年在内蒙古达拉特旗

某初中课外物理小组"纪念束星北①110周年诞辰"座谈会上的发言。发言为摘录，未经本人审阅。

记录人：巴特尔（嘎子）

1

位于廊坊的空间技术院"育婴所"正在忙于实验前的准备。这个"育婴所"里并没有婴儿的笑声和哭闹，也没有奶嘴和婴儿车，它的正式名称是"中国空间技术研究院小尺度空间研究所"，所里的捣蛋鬼们嫌这个名字太拗口，就给它起了这个绰号，而所长陈星北也欣然认可并带头使用，所以这个名字在所里所外几乎成了官称，只是不上正式文件。

实验大厅是穹窿式建筑，有一个足球场大，大厅中央非常空旷，几乎没有什么设备。只有一个很小的球舱吊停在场地中央，离地4米。它是单人舱，样子多少类似太空飞船的回收舱，只是呈完美的球形，远远看去小得像一个篮球。它的外表面是反光镜面，看起来晶莹剔透，漂亮得无以复加。

---

① 束星北（1907—1983），20世纪30年代中国著名物理学家，极富天分，曾被认为是最可能摘取诺贝尔奖的中国人。1931年辞去美国麻省理工学院的工作回国效力。但其性格狂放，行事怪诞，不容于世俗社会，1957年又被打成右派，一生坎坷，未能在学术上取得划时代的成就。这是他个人也是中国社会的悲剧。

本文的主角取"星北"为名，显然是出于对束星北的敬仰。

舱边站着两个小人，那是今天的舱员，旁边是一架 4 米高的舷梯车。

今天只是一次例行实验，类似的载人实验已经进行过 5 次，而不载人实验已经进行过 15 次了，人人都轻车熟路，用不着指挥。所以，下边的人忙忙碌碌，陈所长反倒非常悠闲，背着手，立在旁边观看风景。他的助手小孙匆匆从门口过来，低声说：

"所长，秦院长的车已经到了。"

陈星北漫不经心地嗯了一声，没有后续行动。小孙有点尴尬，不知道该不该催他。陈星北看看他，知道他的心思，没好气地说："咋？有屁就放。"

小孙笑着说："所长你还是到门口接一下的好。再怎么说，她也是咱们的直接上级，肩上带着将星的大院长，尤其是咱们的大金主。"小孙顿了一下又说，"你知道的，这次她来视察，很可能就是为了决定给不给咱们继续拨款。"

陈星北满不在乎："她给不给拨款不取决于我迎不迎接，我犯不着献殷勤。别忘了在大学里我就是她最崇拜的'星北哥'，整天跟屁虫似的黏在我后边，就跟现在小丫黏着嘎子一个样。你让我到大门口迎她，她能承受得起？折了她的寿！"

小孙给弄得左右为难。陈所长的德性他是知道的，但所长可以胡说八道，自己作为所长秘书却不得不顾及官场礼节。

不过用不着他作难了，因为一身戎装的秦若怡院长已经健步走了进来——而且把陈星北的胡说八道全听到耳里。秦院长笑着说：

"不用接啦，小孙你别害我折寿，我还想多活几年呢。"小孙的脸一下子变得通红——是替所长尴尬。偷眼看看，那位该尴尬的人却神色自若。秦院长拍拍小孙的肩膀安慰道："你们所长没说错，上大学时我确实是他的跟屁虫。那时还一门心思想嫁他，就因为他常常几个月不洗澡我受不了——我可不是夸大，他只要一迷上哪个难题，真能几个月不洗澡。小孙你说，他现在是不是还这德性？"

小孙也放松了，笑着凑趣："江山易改，本性难移"，说完就机敏地离开了。陈星北过来和院长握握手，算是过了应有的礼节。秦若怡和陈星北是北大同学，比他低一届，两人虽是学理的（陈学理论物理，秦学力学），却都爱好文学，是北大未名诗社"铁三角"的两翼，算得上铁哥儿们。"铁三角"的另一"角"是当年的诗社社长唐宗汉，国际政治系的才子，比陈星北高两届，如今更是一位大人物——国家重要领导人。这两届政府中有不少重量人物出自北大，人们说清华的风水转到北大这边了。

"育婴所"实际不是空间院的嫡系，5年前陈星北凭三寸不烂之舌说动了秦院长，成立了这个所。可以说这个建制完

全是"因人而立",因为秦若怡素来相信这个学兄的怪才。而
且,虽说陈星北为人狂放,平日说话满嘴放炮,但在关键时
刻也能拿出苏秦、张仪的辩才,"把秦小妹骗得一愣一愣的"
(陈星北语)。"育婴所"成立 5 年,花了空间院 1 个亿,在理
论上确实取得了突破,但要转化成实际成果还遥遥无期。秘
书刚才说得对,秦院长这次视察恐怕不是吉兆。

陈、秦两人对这一点都心知肚明,这一会儿却都不提它。
秦若怡说:

"星北你刚才说小丫黏乎嘎子,这个嘎子是何方神圣,能
入小丫的法眼?"她笑着说,"也太早了吧,小丫才 13 岁。"

陈星北指指大厅中央:"喏,嘎子就在那儿。不过你别想
歪了,小丫的黏乎扯不到男女的事上,他们是表兄妹呢。嘎
子是我外甥,内蒙古达拉特旗的,蒙古族,原名叫巴特尔。
他的年龄也不大,今年 15 岁,等开学就是清华一年级的学
生了。这小子聪明,有股子嘎古劲,对我的脾气。你嫂子说
他像电影《小兵张嘎》的嘎子,那个小演员正好就是蒙古族。
后来嘎子说,这正是他在家乡的绰号。"

"达拉特旗就是嫂子的老家吧?我记得 4 年前你千里迢迢
跑到那儿,为一所初中举办讲座,是不是就为这个孩子?"

"对,他们学校的物理课外小组相当不错,办得不循常
规。"秦若怡知道,"不循常规"在陈星北这儿就是最高评价

了。陈星北笑着说："小丫这孩子你是知道的，有点鬼聪明，长得又靓，平日里眼高于顶，没想到这个内蒙古草原来的野小子把她给降住了。"

他对着场地中央大声喊："嘎子！小丫！你们过来见见秦阿姨！"

两人听见就开始往这边跑。陈星北说："今天是他俩进舱做实验。"秦若怡震惊地扬起眉，陈星北早料到她的反应，紧接着解释，"是嘎子死缠活磨要去做实验。我想也好，实验中最重要的是人对异相空间的感觉，也许孩子们的感觉更敏锐一些。再说我有点私心——想让嘎子提前参与，将来接我的班，这小子是个好苗子。小丫知道后非要和她嘎子哥一块儿去，我也同意了。"他轻描淡写地说，"安全问题你不用担心，就那么 1 纳秒的时间，10 米的距离。而且载人实验已经做过5 次了，我本人就做过一次。"

秦若怡从心底不赞成这个决定，但不想干涉陈星北的工作，只是说了一句："据我所知，那是非常狭窄的单人舱啊。"

"没关系，这俩人又矮又瘦，合起来也抵不上一个大人。"

两个人已经跑过来了，确实又瘦又小。两双眼睛黑溜溜地特别有神。皮肤一黑一白，反差强烈。小丫穿吊带小背心、短裙，光脚穿皮凉鞋；嘎子则穿一件不灰不白的文化衫，正面是六个字：科学 PK 上帝，下边是又宽又大的短裤。秦若怡在心中暗暗摇头：怎么看他们也不像是一个重大科学实验的参加者。小丫与秦阿姨熟，扑过来攀住了她的脖子，说："秦阿姨你是不是专程跑来看我做实验的？"嘎子毕竟生分，只是叫了一声秦阿姨，就笑嘻嘻地立在一边，不过眼睛可没闲着，眼巴巴地盯着秦的戎装。他肯定是看中了院长肩上的将星，巴不得穿上过过瘾。秦若怡搂着小丫，问：

"马上要开始实验了，紧张不紧张？"

小丫笑着摇头，想想又老实承认："多少有一点儿吧。"

"嘎子你呢？"

"我是嘎子我还能害怕？电影里那个嘎子对着小日本的枪口也不怕。"

"对实验中可能出现的意外，有预案吗？"

嘎子说："有，舅舅和孙叔叔已经讲过了。"

小丫则老老实实地说："爸爸说，让我一切听嘎子哥指挥。"

秦若怡笑着拍拍小丫的后背："好了，你们去吧。"

两人又跑步回到大厅中央，小孙跟着过去了。已经到时间了，小孙帮他们爬到舷梯上，挤进球舱。毕竟是单人舱，虽然两人都是小号身材，但坐在里面也够紧张的，嘎子只有半个屁股坐在座位上，小丫基本上是半侧着身子偎在嘎子的怀里。关闭舱门之前，小孙对他们细心地重复着注意事项，这是最后一次了：

"舱内的无线电通话器有效距离为 5000 公里，足以应付意外情况，不必担心；密封舱内的食物、水和氧气可以维持 7 天的生存；呼出的二氧化碳由回收器自动回收。舱内也配有便器，就在座椅下面，大小便（以及漱口水）暂存在密封容器内，以免污染异相空间。

"球舱的动力推进装置可以完成前进及下降时的反喷减速，不能后退和转弯。但燃料（无水肼）有限，只能保证 3 个小时的使用。

"万一球舱'重入'地点比较偏远，不要着急，它带有供GLONASS（伽利略全球定位装置）识别的信号发生器，总部可以随时掌握'重入'地点。但要记住，你们没穿太空服，在确实断定回到地球环境之前，不要贸然打开舱门——谁也不知道异相空间里究竟是什么情况。"

这些实际都是不必要的谨慎。按以往的实验情况，球舱会在 1 纳秒后即现身，位移距离不会超过 10 米。所以，舱内的物品和设备其实根本没有用处。但作为实验组织来说，必须考虑到所有的万一。

小丫乖乖听着，不住点头。她打心底没认为这实验有什么危险，但小孙叔叔这种"诀别赠言"式的谆谆嘱托，弄得她心里毛毛的。扭头看看嘎子哥，那浑小子仍是满脸的不在乎。嘎子向小孙挥挥手，说：

"我早就把这些背熟了，再见，我要关舱门了。"

他手动关闭了舱门和舷窗，外面的小孙向指挥台做了个手势，开上舷梯车驶离场地中央。

球舱孤零零地悬在空中。在它的正下方周围有一圈10米红线。10米，这道红线简直成了突不破的音障，近几次实验都停滞在这个距离。刚才陈星北说"实验非常安全"时，实际上是带着苦味的——正因为突不破10米，所以才非常安全。这次实验前，他们对技术方案尽可能地做了改进，但陈星北心中有数，这些改进都是枝节的，想靠这些改进取得重大突破希望渺茫。

小孙跑过来时，陈所长和秦院长正在轻松地闲聊，至于内心是否轻松就难说了，毕竟，决定是否让项目下马是痛苦的，而且只要这个项目下马，就意味着"育婴所"的编制也很难保住。秦院长正说道：

"我记得第一次的空间挪移只有1毫米？"

"没错，说来不怕你见笑，对超维旅行的距离要用千分尺来测量，真是弥天大笑话。"

秦院长笑着说："我不认为是什么笑话。能够确证的1毫米也是大突破。而且又三次实验后就大步跃到10米，增加了1万倍。"

"可惜以后就停滞了。"

"只要再来一次那样的跃升就行，再增加一万倍，就是100公里，已经到实用的尺度了。"

陈星北停顿片刻。他下面说的话让小孙很吃惊，小孙绝对想不到，所长竟然把这些底细全都倒给了秦院长。他悲观地想，自打秦院长听到这番话后，"育婴所"的下马就不必怀疑了。陈星北坦率地说：

"若怡，我怕是要让你失望了。实话说吧，这项技术非常、非常困难，不光是难在增加挪移距离，更难的是重入母空间时的定向和定位。因为后者别说技术方案，连起码的理论设想都没有。这么说吧，现代物理学还远远达不到这个高度，去控制异相宇宙一个物体的运动轨迹——在那个世界里，牛顿定律和相对论是否适用，我们还没搞明白呢。"陈星北看看她，决定把话彻底说透。"若怡，别抱不切实际的幻想，别指望在你的任内把这个技术用到二炮部队。我不是说它绝对不能成功，但那很可能是1000年以后的事了。"

秦若怡停顿片刻，尽量放缓语气说："你个鬼东西，你当时游说我时可不是这样说的。"

陈星北一点儿也不脸红："男人求爱时说的话你能全信吗？不过结婚后就得实话实说了。"

秦若怡很久没说话，旁边的小孙紧张得大气都不敢喘。

他能感觉到那两人之间的紧张气氛，他想秦院长心里一定很生气——而且她的愤怒是完全合理的。她可能就要对当年的星北哥放出重话了。不过，秦院长毕竟是当大官的，涵养就是不同。沉默片刻后，她以玩笑冲淡了紧张气氛：

"姓陈的，你是说你已经骗我同你结婚了？"

陈星北也笑着说："不是咱俩结婚，是'育婴所'和空间院结婚——只是，今天你是来送离婚书的吧？"

"如果真是如此——你能理解我吗？"

"我能理解，非常理解你的难处。你的难处是我一手造成的，我是天下头号的大混蛋。不过，也请你理解我，虽然我那时骗了你，但动机是光明的。我并不是在糟蹋中国人的血汗钱。虽然那时我已经估计到，这项研究不可能发展成武器技术，但作为纯粹的理论研究也非常有价值。可是，谁让咱国家——所有国家——都重实用而轻基础理论呢，我不招摇撞骗就搂不到必需的资金。"他叹一口气，"其实，如果不苛求的话，目前的 10 米挪移已经是非常惊人的成功，可以说是理论物理的革命性突破。若怡，求求你啦，希望你能收回当时'不对外发表'的约定，让我对国际科学界公布，挣个诺贝尔奖玩玩。"他大笑道，"拿个诺贝尔奖绝对不成问题的，拿到奖金后我全部捐给空间院，算是多少退赔一点儿'赃款'。"

小孙松一口气，他明显感觉到气氛已经缓和了。而且——他打心眼里佩服所长,这位陈大炮关键时刻真是口若悬河口吐莲花,死人也能被他说活。当然细想想,他这番演讲之所以雄辩,是因为其中的"核"确实是合理的。秦若怡又沉吟一会儿,微笑着说:

"小孙,你是不是正在暗叹你们所长的口才?不过这次他甭想再轻易把我骗倒。"她收起笑容,认真地说,"等我们研究研究吧。当时'育婴所'上马不是我一个人的决定,今后你们所的走向同样不是我一个人能决定的。肯定要报到上边,说不定还要报到咱们那位老同学那里。"她用拇指向天上指一指,最后刺了陈星北一句:"到时候你有多少口才尽管朝他使,能骗倒他才算你有本事。在他面前你别紧张,照样是你的老同学嘛。"

陈星北立即顺竿子爬上去:"我巴不得这样呢。若怡拜托你啦,尽量促成我和他见面。你肩膀上扛着将星,咱平头百姓一个,虽是老同学,想见面也不是那么容易的。"

秦若怡无奈地说:"你呀,真不敢沾边,比狗皮膏药还黏糊。"

这时,指挥室里同舱员进行了最后一次通话,大厅里回荡着嘎子尚未变声的男孩声音:"舱内一切正常!乘员准备就绪!"现场指挥宣布倒计时开始,这边陈、秦二人也不再交谈,小孙递过来两副墨镜,让两人戴上。

　　大厅里顿时鸦雀无声，只有均匀的、不紧不慢的计数声："10，9，8，7，6，5，4，3，2，1，点火！"霎时间大厅里一片强光！所谓点火只是沿用旧习惯，球舱的"升空"（这也是借用的说法）是依靠激光能量而不是化学燃烧剂。随着点火指令，均布于大厅穹窿式内壁上的数万台 X 射线强激光器同时开动，数万道光束射向大厅中央的球舱，霎时间在球舱处形成一个极为炫目的光球，如同一颗微型超新星在人们眼前爆发。这些激光束是经过精确校准的，在球舱外聚焦成球网，就像是为球舱覆上一层防护网。这个球网离球舱很近，只有 30 毫米，这是为了尽量减少"欲挪移小空间"的体积，因为该体积与所需能量是指数关系，小小的体积增加就会使所需能量增加数万倍。正是因为如此，球舱也设计得尽量小和简易。

　　聚焦后的高能激光足以气化宇宙内所有物质，但激光网中所包围的球舱并无危险，因为当大量光能倾注到这个小尺度空间时，该空间能量密度高达每立方厘米 1037 焦耳，因而造成极度畸变，它便在 1 纳秒内从原空间（或称母宇宙）中爆裂出去，激光的能量来不及作用到舱上。

　　光球极为眩目，使大厅变为"白盲"。但陈星北对所发生的一切了然在胸，就像在看慢镜头电影。光网在一瞬间切断了球舱上边的吊绳，但球舱根本来不及下坠，就会随着小空间（学名叫子宇宙或婴儿宇宙）从母宇宙中凭空陷落。小空间是不稳定的，在爆裂出去的同时又会重新融入母宇宙，但已经不是在原出发点了。两点之间的距离就是秦若怡最关心的"投掷距离"，换句话说，用这个方法可以把核弹投到敌国，而且 NMD（国家导弹防御系统）对它根本没用，因为它的运动轨迹甚至不在本宇宙之内。

可惜，目前只能达到 10 米距离。

激光的持续时间只有若干微秒，不过由于人的视觉暂留现象，它好像持续了很长时间。现在，激光熄灭了，厅内所有人都摘下墨镜，把目光聚焦到 10 米红线圈闭的那片区域。然后——是近百人同时发出的一声"咦"！和往日的实验不同，今天那片区域内一无所有。然后，所有脑袋都四处乱转，在大厅内寻找那个球舱，同样没有找到。陈星北反应极快，一刻也没耽误，抛下秦若怡，大步奔向指挥室。现场指挥是副所长刘志明，已经开始了预定的程序，先是用通话器同舱员联络：

"嘎子，小丫，听到请回话！听到请回话！"

那边保持着令人窒息的静默。

陈星北进来后，刘志明向他指指全球定位显示屏幕，那儿原来有一个常亮的小红点，表示着球舱的位置，但现在它消失了——不是像往常那样挪动了 10 米，也不是人们希望的挪动几百公里，而是干脆消失了。陈星北从刘志明手中接过话筒，又喊了几次话，对方仍然沉默。刘志明看看所长，后者点点头：

"动员飞机吧。"

刘志明立即向北京卫戍区发出通知，请他们派直升机按预案进行搜索。那边随即回话，说两架直8F已经起飞，将搜索"小尺度空间研究所"附近方圆100公里内的区域。这是第一步，如果搜索不到，将再增派军力扩大搜索范围。秦若怡也进来了，三个人都默默地交换着目光，谁也不先开口。过了一会儿，陈星北平静地说：

"搜索也没用的。球舱的通话器和GLONASS定位装置绝不会同时失效，只有一种可能：我们激发出的那个小泡泡没有破裂，直到这会儿还保持着凝聚态。那是另一个宇宙，与我们隔绝的宇宙，与这边不可能有任何信息通道的。若怡，我们成功了，这个数量级的持续凝聚时间足以把球舱投掷到地球的任何地方，甚至是银河系外。只是——嘎子和小丫困在那个泡泡里了。"

他的声音很平静，但目光极为复杂。秦若怡理解他的喜悦（作为科学家）和他的痛苦（作为爸爸和舅舅），她无法安慰，只能说："既来之则安之，急也没用，咱们好好商量一下解决办法，来吧。"

　　陈星北说得对，搜索是徒劳的，直8F飞不到外宇宙去。他们也不可能商量出任何办法，这其实和陈星北早先说的"从理论上也无法保证投掷定向"是一致的：现代物理学远远没达到这个高度，可以监测或干涉外宇宙一个物体的运动轨迹。尽管这样，直升机还是搜索了两天，把范围扩大到方圆1000公里（再扩大范围就到朝鲜和日本了），但什么也没发现。球舱的通话器和GLONASS信号一直保持缄默。3天后，陈星北通知停止搜索，他说不要再做无用功了，目前唯一可做的是等待那个泡泡自行破裂。

　　陈星北本想瞒住家在北京的妻子乌日更达莱，但是不行，做母亲的似乎有天生的直觉，能感觉到女儿（和娘家外甥）的危险，哪怕他们是在宇宙之外。从实验第二天起，她就频频打来电话问两个孩子的安危，不管丈夫如何解释哄骗，反正她只抱着一本经：没亲耳听见俩孩子的回答，她就是不相信。第三天，她没有通知丈夫，径自开车来到廊坊。

　　秦若怡陪着星北见了他妻子乌日更达莱。这些天，秦若怡一直没有离开这儿，虽然帮不上忙，但对实验人员来说，至少也是心理上的安慰。乌日更达莱证实了女儿和外甥的灾难后，身子晃了晃，险些倒下去。她推开伸手搀扶她的丈夫，焦灼地说："赶紧找呀，天上地下都去找，他们就是埋到1000米的地下也要挖出来！"

陈星北只有苦笑。妻子当然早就知道丈夫的研究方向，但这个女人天生缺乏空间想象能力，从来没有真正理解"空间泡"的含义，她即使尽量驰骋自己的想象，最多把它想象成可以在天上、地下、地球上、地球外自由遨游的灵怪，一句话，她的想象跑不出"这个"三维世界。

秦若怡尽量安抚住这位丧魂失魄的母亲。但她工作在身，不能在廊坊久留，只好回北京了，留下陈星北夫妇（还有全所的人）焦灼地等待着。

时间一天天过去了，这些天，乌日更达莱几乎是水米不进。其实陈星北比妻子更焦灼，因为妻子不知道那个期限：7天。球舱里的水、食物和氧气只够7天之用，当然水和食物的时间是有弹性的，几天不进水不进食也能坚持，但氧气不行，氧气的宽限非常有限，再怎么节约使用，也拖不过8天。宇宙泡如果能坚持8天不破裂——这是人类智慧的伟大胜利，连上帝也会嫉妒的——他老人家尽管号称万能，也只能管管本宇宙的事情吧。但上帝的报复太残酷：这场胜利要用两个年轻的生命做代价。

7天马上就要过去了，这段时间是那么漫长。在7天里，上帝已经把整个世界创造出来了。但7天又显得那么短暂，人们一秒一秒地数着两个孩子的剩余生命。第8天的太阳又升起来了，仍是丽日彩云，朗朗晴空。大自然照旧展示着她的妖娆，不在乎人间一点小小的悲伤。陈星北来到指挥所，换副所长的班，这些天他们一直轮流值班，坚持着 24 小时的监听。但在这第 8 天的早上，他们可以说已经绝望了。就在这时，通话器里突然传来两个孩子的声音：

"打开了！打开了！小丫，你看打开了！嘎子哥，泡泡打开了！"

声音异常清晰，异常欢快。它的出现太突然，没一点儿先兆，根本不像从异相世界返回的声音。两个所长一霎时都惊呆了，陈星北立即俯身过去，急切地问：

"嘎子，小丫，是你们吗？听到请回答！"

"是我们，爸爸！舅舅！泡泡突然打开了，我们能看见外面的天、太阳和云彩了！"

陈星北扭回头说："志明你赶紧通知小丫妈，说他们已经安全了！还要通知若怡！"转回身对通话器说："喂，你们在哪儿？你们能否判断出是在哪儿？我立即派直升机去接你们！"

"我们是在哪儿？反正是在地球上（陈星北心里笑了，这个嘎子，这时刻还忘不了贫嘴！），让俺俩看看。呀！"他俩的声音突然变了，你一句我一句惊恐地喊，"爸爸，舅舅，我们是在战场上！炮弹就在不远处爆炸（通话器中传来清晰的爆炸声）！还有坦克飞机！"

陈、刘二人也愣住了，真是祸不单行，才从封闭的宇宙泡中解困，却又正好掉到战场上！既然有战场当然是到了国外，他们在脑子里飞快地过着世界地图，推测今天世界上哪儿有战争，而且不会是伊拉克那样的游击战，应该是动用飞机坦克的正规战。没等他们想出个眉目，那边又说话了："别慌，小丫你别慌，我看不是战争，是演习！没错，舅舅，是演习！天上飞的都是曳光弹，不是实弹。"声音顿了一会儿，"舅舅我看像是小日本！前边有一辆坦克很像是日本90式，还有，天边那架飞机像是日本的P-X反潜机，没错，就是它，机身上背一个大圆盘的雷达天线，机侧是日本的红膏药。舅舅我知道了，我们这会儿肯定是在冲绳！"

陈星北完全认可了嘎子的判断，嘎子是个军事迷，各国的武器如数家珍，他判断是日本的武器，那准没错。而且陈星北立即回忆起，日本早前曾宣布定于今天（2021年7月13日）在冲绳岛进行夺岛军演，显然是以中国为假想敌的。半个月前，嘎子曾就此消息说过一些比较偏激的话。这么说，这个球舱肯定是跑到日本冲绳了。

陈星北和副所长相对苦笑。两个孩子安全了，这是大喜事。但球舱飞到日本，又恰好落到军事演习的战场上，看来，一个不小的外交麻烦是躲不过了。他得赶紧通知秦若怡，还有外交部，让他们早做准备。这时，那边传来小丫的尖叫：

"爸爸，日本兵发现我们了！有十几个正在向这边跑！"

换成嘎子的声音："妈的真倒霉，还没开战呢，嘎子先得当小日本的俘虏！"

陈星北马上料到，他们之间的通话恐怕很快就会被切断了，急急地厉声喝道："嘎子！小丫！注意场合，不能胡说八道！"

他是让嘎子注意外交礼节，但嘎子显然理会错了："舅舅你尽管放心，俺俩一定像小兵张嘎那样坚贞不屈，鬼子什么也别想问出来！"他紧张地说，"他们已经到跟前了！向我们喊话了！再见！"

通话器中哧啦啦一阵噪声，然后便没了声音，一定是嘎子把它破坏了。

2

十几名日本海军陆战队士兵如临大敌，由安倍少佐指挥着，小心翼翼地向那个奇怪的东西靠近。他们非常紧张，枪口和火焰喷射器都对准了那玩意儿。那是个浑圆的球形体，不大，直径有一米多，外表镀铝，闪闪发光，斜卧在一个山包上。太奇怪了，它简直是突然出现在人们的视野里的。它是怎么来的？球体上方有一根断了的钢绳头，依此看来，它似乎是被飞机吊运来，钢绳断了，所以坠落于此。但它们怎么能逃过战场上的雷达？即使是用性能最优异的隐形飞机来运送，但单单这个球舱就足以让雷达扫描到了，它的镀铝表面肯定是绝好的雷达反射体，更何况现场还有几百双士兵的眼睛呢。

也许这就是科幻小说中的外星人飞碟？球舱上半部的圆周有一排很窄的舷窗，玻璃是镀膜的，看不清里边，但隐约能看到里边有活物（活的外星人？）。不过走近后，安倍少佐知道这玩意肯定和外星人无关，恐怕是西边那个大邻国的间谍设备，因为在几扇舷窗上有几个很像汉字的符号。安倍不会汉语，但日本人都认得汉字。不，那不是汉字，而是汉字的镜像对称，也就是说，那些字从窗里向外看是正的，但从窗外向里看就反了。安倍在脑袋里努力做了镜像反演，辨认出这几个字是：泡泡6号。

不用说，这个球舱的出现肯定和正在进行的军演有关，是中国军队派来搜集情报的——但安倍的直觉也在质疑这个结论，这种间谍行动——未免太"公然"了吧，大白天公然降落在战场上，舱上还写着汉字，似乎唯恐别人认不出它的主人！

他向上级报告了这儿的发现，上级说马上派人来处理。这会儿他指挥手下把球舱团团包围，用日语喊话，让球舱里的人出来。估计到里面的人可能不懂日语，他又用英语喊了几次。

透过舷窗看见里边有动静了，然后是轻微的门锁转动声，一扇很小的舱门慢慢打开，外面的十几只枪口立即对准那儿，门终于开了，里边钻出来一个漂亮的美少女！皮肤很白，灵活的眼睛，吊带小背心，超短裙，裸着两只美腿，她的美貌，尤其是她异常灿烂的笑容，让环列的士兵眼前一亮。紧跟在她后边出来的是一个嘎小子，脸上是满不在乎的鬼笑，上衣上印着几个汉字。出来前嘎子刚刚毁坏了通话器，如果舱里有三八大盖和汉阳造的话，他也一定会全都摔碎的，不过这个球舱太简易，没有多少值得毁坏的设备，而要想毁坏舱体本身显然是来不及了。

两个人笑着离开球舱，站在山丘上，居高临下地看着荷枪相向的士兵，颇有点嘎子面对日本兵的劲头。安倍狐疑地走近球舱，把头伸到里面看看。里面太简单了，简直没有什么仪器，只有一个驾驶座椅——两个乘员竟然是挤在一张椅子上！这些情况更使他满腹狐疑，它太不像一次间谍行动了。

他走过来，重新打量这两名擅入者。从人种学角度来看，他们与日本少男少女没有一点不同，如果挤到东京的人流中，没人能辨别出他们是外国人。但在这会儿，在这个特定的环境下，安倍一眼认定他们是中国人，他们的眼神里有很多说不清道不明的东西，在双方之间划出了很深的无形的鸿沟。

安倍示意士兵们垂下枪口，自己把手枪插到枪套中，用日语和英语轮番向对方问话：

"你们是什么人？来这里干什么？"

嘎子的英语倍儿棒，小丫的英语差一点，但跟爸爸学过一些日语，简单的会话是不成问题的。不过两人在出舱前已经约定，要假装不会任何外语。嘎子笑嘻嘻地吩咐：

"找个会说人话的来，我听不懂你们的鸟语！知道吗？你的话，我的不懂！"

小丫又摇手又摇头："不懂！不懂！"

陆战队的士兵们训练有素，很快用一顶军用帐篷遮盖住这个球舱，并在周围拉上警戒线。这玩意儿太异常，自卫军的专家们要仔细研究。在这之前，不能走漏任何风声。

嘎子和小丫则被安倍少佐和一个士兵押上直升机，送到另外一个地方，这儿好像是兵营，因为屋外有军人来往，但接待（应该说是审讯）他们的两个人则身着便装。高个子叫渡边胜男，笑容可亲，北京话说得比嘎子还顺溜；低个子叫西泽明训，脸上木无表情，基本上不怎么说话。嘎子和小丫进来时，渡边先生像对待大人物一样迎到门口，毕恭毕敬地垂手而立，说："欢迎二位来到日本。"他笑着补充，"尽管你们来的方式不大合法。"

嘎子信奉的是"人敬一尺,我敬一丈",也忙鞠躬还礼:"谢谢,谢谢。对不起,给您添麻烦了!"

小丫看着他这不伦不类的日式礼节,捂住嘴没有笑出声。

渡边请二人坐下,奉上清茶。然后问:"二位能否告诉我你们的姓名?"

"当然。我叫张嘎子,是中国内蒙古人。她叫陈小丫,北京人,是我的表妹。"

"你们是怎么来到冲绳的,又是为了什么而来?请如实相告。"

"我也正糊涂着哩!"嘎子喊到,"那天我们是在内蒙古达拉特旗的恩格贝——知道这个地方吗?贵国的远山正瑛先生曾在这儿种树治沙,他是我最崇敬的日本人。"

"我们知道。我们也很崇敬他,他是日本有名的'治沙之父'。请往下讲。"

"是这样的,小丫放暑假,到我家玩。我们那天正在恩格贝西边的沙山上玩滑沙,忽然——天上不声不响地飞来一个白亮亮的球,一直飞到我俩头顶。我小丫妹指着那玩意儿尖叫:嘎子哥你看,外星人飞碟!就在这时,一道绿光射下来把俺俩罩住,我们就啥都不知道了。一直到这架飞碟刚才坠落时,我们才醒过来。"

"你说是外星人绑架?"

"是的，肯定是的！小丫你说是不是？"

小丫鸡啄米似地点头："是的是的，一定是外星人干的。"

"噢，被外星人绑架——那一定是一段非常奇特的经历。"

这句话挠到了嘎子的痒处，他不由得两眼放光。那 7 天在外宇宙的奇特经历！那个超圆体的袖珍小宇宙！地球上古往今来只有他和小丫体验过！他现在急于见舅舅，叙说这段难忘的经历，但非常可惜也非常败兴，他们从外宇宙凯旋，却不得不先同日本特务打交道（这俩人必定是日本情报机关的）。嘎子只好强压下自己的倾诉欲，继续与审讯者胡搅。

渡边先生笑着说："外星人也使用汉字？我见球舱上写着泡泡 6 号。"

"那有啥奇怪的，外星人的科技比咱高多啦。别说汉字，什么日本片假名、梵文、甲骨文、希伯来文、楔形文，没有不会的！小丫你说是不？"

"当然啦，当然啦。"

渡边微笑点头："对，有道理。而且他们说中国话也很不错。请听。"

渡边从口袋里掏出一架袖珍录音机，按了播放键。那是嘎子小丫同小丫爸的通话，从"爸爸，舅舅，泡泡突然打开了！"一直到"俺俩一定像小兵张嘎那样坚贞不屈，鬼子什么也别想问出来！"听完这段话，嘎子和小丫互相看看。小丫因为俩人的信口开河被揭穿多少有点难为情，嘎子却一点儿也不在乎——反正他说刚才那篇鬼话时，压根儿就没打算让对方相信。现在谎话被揭穿了，反倒不必费口舌了。嘎子抱着膀子，笑微微地看着审讯者，不再说话，等着看"鬼子"还能使什么花招。

毕竟时代进步了，往下既没有辣椒水也没有老虎凳。而且，渡边竟然轻易地放过这个话题，和他们扯起闲话来。问他们知道不知道日本有什么好玩的地方，还说："不管你们是怎样来的，既然来了便是贵客，如果想去哪儿玩一玩，尽管吩咐。"嘎子和小丫当然不会上"糖衣炮弹"的当，客气地拒绝了。渡边突然想起来："你刚才不是说非常崇敬远山正瑛先生吗？我可以安排你到他家采访，据我所知，他的重孙女还住在北海道的鸟取县。"

嘎子犹豫了，这个提议相当有诱惑力。作为达拉特旗的牧民儿子，他确实非常崇敬远山老人，老人自愿到异国他乡种树治沙，一直干到97岁，死后还把骨灰葬于沙漠。嘎子很想见见远山老人的后人，代表乡亲们表示一下感激之情。而且，说到底，到那儿去一下又有什么害处？渡边在这儿问不出来的情报，到那儿照样得不到。

小丫用目光向他警告：别上当，他们肯定是玩什么花招。嘎子朝她挤挤眼，高兴地对渡边说：

"我们很乐意去，请你们安排吧。承蒙关照，谢谢！"

然后又是一个日式的 90 度鞠躬。

东京大学的坂本教授接到电话预约，说请他在办公室里等候，内阁情报调查室的渡边先生和统合幕僚监部（日本自卫军总参谋部）的西泽先生很快就要来访问。坂本心中有些奇怪，不知道他们所为何来。他在学校里属于那种"默默搞研究"的人，研究领域比较偏、比较窄，专攻大质量天体所引起的空间弯曲。按照相对论，行星绕恒星的运动既可以描述为"平直时空中引力作用下的圆锥曲线运动"，也可描述为"按弯曲黎曼空间的短程线行走的自由运动"，两种描述是完全等价的，但前者在数学上更容易处理一些。所以，坂本先生对黎曼空间的研究更多是纯理论性的。如今他已经 60 岁，马上要退休了。情报和军方人员找他会有什么事？

渡边先生和西泽先生很快来了。渡边说："对不起，打扰了，我们有一件关系到国家利益的重要事务来向您请教。"他详细讲述了那个"凭空出现"的闪亮球体，及对两个少年乘员的问讯。又让坂本先生看了有关照片、录音和录像。他说：

"毫无疑问，我们的大邻国在空间运送技术上有了革命性的突破，可惜，我们咨询了很多专家，他们都猜测不到这究竟是什么突破，连一点儿设想都没有。至于他们为什么把这个球舱送到冲绳，有不同看法，比如我和西泽先生的看法就不同。西泽君，请你先说。"

西泽严厉地说："我认为，这是针对我自卫军的夺岛军演，对方所做的赤裸裸的恐吓。球舱里坐了一个似乎无害的小男孩，但我想这是有隐喻的——想想广岛原子弹的名字吧。"

渡边笑着反驳："那么，那个小女孩又是什么隐喻？死亡女巫？"他转向坂本说，"按我的看法，对方的这种新技术肯定还不成熟，这个球舱飞到冲绳只是实验中的失误。但不管怎样，有两点是肯定的：一是中国军队肯定开发了、或正在开发某种革命性的投掷技术。二是这个球舱对我们非常有价值，简直是天照大神送来的礼物，必须深入研究。"

坂本稍带困惑地说："我个人比较认同渡边先生的意见。但你们为什么找我？这并不属于我的研究领域。"

"坂本先生，你刚才听了两个孩子同某个大人的谈话录音。我们对那人的声纹，同我们掌握的中国高级科研人员的声音资料做了比对，确认他是中国空间技术研究院的陈星北研究员。据我们的资料，此人在 16 年前，即 2005 年，曾来我国参加学术讨论会，与你有过接触。"

坂本回忆片刻，想起来了："对，是一个 25 岁左右的青年，小个子，日语说得非常流利。嗯，等等，我这儿好像有他的合影。"

他匆匆打开电脑，搜索一会儿，找到了："你们看，就是这个人。"

照片是四人合影，最边上是一个瘦削的小个子，看起来毫不起眼。坂本说："他当时好像刚刚读完硕士，那次开会期间，他曾和我很深入地讨论过黎曼空间。我印象较深的是，他专注于'非引力能'所造成的空间极度翘曲。噢，等一下！"

他突然有了一个电光石火般的灵感，觉得自己已经找到了解开这个难题的钥匙。"嗯，我有了一个想法，但这个想法过于大胆，甚至可以说是疯狂，目前我还不敢确认。渡边先生，我想尽快见到球舱中那两个孩子，哪怕从他们那儿得到只言片语，都可以帮助我确证这个想法。"

渡边摇摇头："那两个孩子，尤其是男孩，是极端的民族主义者，在他们那儿你什么也问不到的。不过我已经安排人带他们到鸟取县，去拜访治沙之父远山正瑛的重孙女。"他笑着说，"那男孩对远山老人十分崇敬，也许在那儿，他时刻绷紧的警惕性会略微放松一点儿。我的一个女同事已经提前赶到那儿等他们。我们最好现在就赶过去。"

"你是说——让你的女同事冒充远山老人的后代？"

渡边从教授的目光里看到了不赞成的神色，便略带尴尬地承认："没错。这种做法确实不大光明，但事关日本国的重大利益，我们不得不为之。其实，我派人冒充是为远山家人好，不想让他们牵扯到这种肮脏事情中。至于我们——我们的职业就是干这种事的。没办法，总得有人去做类似的肮脏事，有些人做厨师，也得有人打扫便池。"

西泽不满地看看他，尖刻地说："我看渡边君过于高尚了。这算不上什么肮脏事，你不妨比较一下那种可怕的前景：我们花巨资打造的 NMD 在一夜之间成了废物，一颗'小男孩'突然在东京上空爆炸。"

渡边平静地说："西泽君似乎过于偏激了，情绪战胜了理性，这是情报工作者的大忌。"他截断西泽的话，"好了好了，我们暂时搁置这些争议，反正咱们眼前的目的是一样的，就是赶紧挖出那个球舱的秘密。对不，坂本先生？"

坂本没说话，只是点点头。他打心底里厌恶类似的"政治中必不可免的肮脏"，但作为日本人，他当然会尽力挖出这个奇异球舱的秘密。"好吧，我和你们一块儿去，我会尽力弄清它。"

3

球舱到日本两天了，奇怪的是，日本方面没有任何动静，没有外交交涉，没有递抗议，没有有关的新闻报道。这天，秦若怡亲自通知陈星北到空间院开会。她说：

"星北我可是尽心了，下边看你招摇撞骗的本事了。好好准备，来一次最雄辩的讲演。"

陈星北匆匆赶去。这是个小型会议，与会的只有十人，除了若怡，还有总参、总后、国防科委、航天部、二炮、科学院理论物理研究所的领导，当然还有外交部的领导。人到齐了，人们都闲聊着，似乎在等一个人。当最后一位走进会议室时，陈星北大吃一惊，下意识地站起来，先把目光转到若怡身上——这会儿他才知道若怡说的"我尽心了"的分量。来人是国家重要领导人，他的北大同学，诗社社长，若怡真把他也拉来了！若怡眸子中闪过一丝笑意，分明是说：紧张了不是？别紧张，把他骗倒才是你的本事。

领导人同各位握手问候，眼睛在找陈星北。他走过来，同星北大幅握手，笑着说：

"老同学，你可是惹了个不小的麻烦，真是本性难移呀。"

陈星北笑着说："麻烦与荣誉并存。"

开会了，领导人简短地讲了两句："若怡院长极力向我推荐陈星北这个惹了麻烦的、又根本没有成功把握的项目。今天就请小陈把我们说服。"他扭过脸对陈说，"讲解时尽量直观浅显。在座的都是专家，但隔行如隔山，比如说，我就弄不清你那个宇宙泡到底是什么玩意。你把我们当成小学生就行。"

陈星北拿上激光笔，精神抖擞地走上讲台。秦若怡心想：这家伙精神头还行，看来今天没有紧张。陈星北说：

"首先请大家不要把空间泡或宇宙泡看得多么神秘。物理学家早就能随意吹出微观的小泡泡，即在真空中注入能量，完成所谓的'海森伯能量借贷'，把真空中凭空出现的虚粒子升格为实粒子，这些粒子的实质就是空间泡，还有我们的宇宙，爱因斯坦说它是个超圆体，直观地说就是个超级大泡泡。黑洞也是一种泡，是向内凹陷的泡，而我所研究的则是一种中等尺度的正曲率空间泡。下边我来做一个演示。"

他拿过一根一米多长的细丝，上面间断涂着赤橙黄绿青蓝紫几种颜色。他把细丝弯成一个圆，接口处马上自然黏合了：

"这是一种高弹性兼高塑性的特殊材料，我们把它看成一维的封闭空间，或者说是一维的超圆体，它有限，但无边界。假设有个一维人沿圆周爬，永远找不到天尽头，但也不会掉到'无限'中去。现在我用外加能量的办法，让这个一维空间局部畸变。"

他在红颜色处用指头向里顶，大圆局部凹陷，形成中文的"凹"字。他继续用力，直到大圆的缺口两端互相接近，接合，接合处随即黏合住了，这会儿细丝变成了相套的两个圆。他把这个双重圆放到讲台上（投影仪把图像投到屏幕），把接触处沿法线方向拉长，再用剪刀把它剪断，小圆便脱离

了大圆。

"请看，一维宇宙因局部畸变能够生出一维的封闭泡泡，并脱离了母宇宙。刚才我们假设的那个一维人这时一定正奇怪着，为什么世界上的红色区域忽然凭空消失了？还请记住，这个子泡泡虽然脱离了母宇宙，但在比它高一维的二维世界里，子泡泡被母宇宙所圈闭，无法逃逸出去。"

他用手在桌面上移动子泡泡，让它不时地触碰大圆，碰一下，又返回去。

"现在，子泡泡要与母泡泡重新融合了。"

他把小圆按紧在大圆的绿色部分，使接触处黏合，再把接触区域沿切线拉扁，用剪刀沿法线方向剪开。现在，大小圆又恢复成了中文的"凹"字，陈星北一松手，下凹部分就因弹性自动张紧，使大圆恢复成完美的圆形，不同的是现在颜色次序有了变化，绿色区域中夹着一段红色。

"好，子泡泡重新融入母宇宙了，但在一维人的眼里，它却是从红色区域'凭空'消失，又'凭空'出现在绿色区域。也就是说，这个过程是在他们的维度宇宙之外完成的。至于泡泡重入点与消失点之间的距离，就是秦若怡院长念念不忘的'投掷距离'。"

他对秦若怡笑笑，像是对她的微嘲。然后向听众扫视一遍，问："我讲的这部分，是否有没说明白的地方？"

大家都听得很专心，领导人点点头："很清楚。请继续。"

"现在，我们把一维宇宙升格为二维。"他取过一个圆气球，用食指顶某处，使其向里凹陷。"遵循同样的过程，也可以吹出二维的泡泡。但这个过程用手演示有困难，我们看电脑动画吧。"

屏幕上显示出一个气球，上面印着各种颜色。然后红色区域的球面向里凹陷，凹陷加深，直到球面缺口处接触，黏合，凹陷部分脱离，变成大气球中套着的一个小气球。小气球在大球中飘浮，不时与大圆相碰后再飘开。一直等它飘到绿色区域时，与大球接触并黏合，黏合处开始形变，沿法线方向出现空洞，变成球形的"凹"字，然后凹陷处因弹性自动张紧，使球面恢复成完美的球形，只是颜色次序有了变化，绿区中嵌着一块近似圆形的、四周带着放射性缺口的红色区域。

"好，二维世界的球舱已经从廊坊飞到冲绳了，二维生物们一定正进行外交上的交涉。其实呢，'红国'并没有侵犯'绿国'的领空，这片区域的投送是在二维世界之外完成的。"

听众中有轻微的笑声，大家都听懂了这个机智的比喻。陈星北目光炯炯地看着大家：

"上面的过程都很直观，很好理解，但把它再升格到三维宇宙，就很难想象了：三维宇宙中吹出的三维泡泡，怎么能在三维世界之外而又在它的圈闭之中？确实难以想象。这并不奇怪，人类是三维空间的生物，我们的大脑就是为三维世界而进化的，所以无法直观地想象更高维世界的景象。但不要紧，人类形而上的逻辑思维能力是上帝的恩赐，依靠它，我们能把想象扩展到高维世界中。现在，用数学归纳法总结从一维到二维的过程，很容易就能推延到三维，得出以下结论。"他补充一句："其实这些结论在更高维度中也是正确的，不过今天我们只说三维宇宙。"

他喝了一口水，扳着指头，缓缓说出四个结论：

1. 我们所处的三维宇宙是个超圆体，因为引力而自我封闭、有限，但无边界。

2. 三维空间会因引力或其他外加力量而产生局部畸变，如果畸变足够强，就能自我封闭，形成超圆体三维子宇宙。

3. 子宇宙将与母宇宙互相隔离，但在更高一维即四维世界中，子宇宙被母宇宙所圈闭。

4. 子宇宙在飘移中有可能与母宇宙重新融合。

"然后，突然消失的三维空间（连同其中的三维物体）又会在母空间的某处凭空出现，既无过程又无痕迹。这就是我们说的超三维旅行。"陈星北说，把激光笔插到口袋中，暂时结束了这段讲解。

会议室很静，大家都在努力消化他说的内容。领导人面色平静，手里轻轻转动着一支铅笔。陈星北知道这是他的习惯动作，在大学里，他苦思佳句时就是这个动作。过了一会儿，领导人笑着问：

"恐怕与会人中我是唯一的外行，所以我不怕问两个幼稚的问题。第一，你讲了泡泡向内变形，被母宇宙所圈闭。但它们同样可以向外变形啊。"

"对，没错。不过，在拓扑学中，这种内外是可以互换的，本质上没有区别。"

"噢。第二个问题，你说子泡泡可以重新融入母宇宙，在三维宇宙中，它可能在任何地方重入。那么，为什么它在地球表面出现，而不担心它会，比如说，出现在地核里呢？那样的话，两个孩子可是绝对没救了。"

陈星北赞赏地说："这不是幼稚问题，提出这个问题，说明你真正弄明白了'三维之外的泡泡'的含意。你说得对，子泡泡可以在任何地方重入，包括地核中。但是——还是以两维球面作比喻吧，我刚才说的是光滑球面，宏观弯曲而微观平坦；但实际上，由于重力不均匀，在微观上也是凸凹不平的，就像是桃核的表面。大质量物体，像地球，会在附近空间中造出明显的凹陷，当子泡泡在母宇宙中出现时，当然最容易落到这些凹陷里，也就是落在地球和空间相接的地表。"他抱歉地说："这只是粗浅的比喻，真正讲清要有比较艰涩的知识。"

"好，我没有问题了。"

过了一会儿，陈星北说：

"还应补充一点，宇宙泡泡有两种。一种是因内力（包括弱力、强力、电磁力和引力）而封闭的空间泡，它们是稳定的，称为'内禀稳定'，像我前面提到的各种粒子、宇宙大泡泡、及负曲率的黑洞，都是如此。另一种是因外力而封闭的空间泡，称为'内禀不稳定'，比如我们用注入激光能而封闭的中尺度空间泡，在形成的瞬间就会破裂。但最近这次实验中已经有突破，保持了泡泡7天的凝聚态。这个时间足以把球舱投掷到银河系外了。但非常可惜，至今我们不清楚这次成功的原因，此次实验前我们确实在技术上做了一些改进，但以我的直觉，这些改进不足以造成这样大的飞跃。我们正在努力寻求解释。"他笑着说，"甚至有人提出，这次之所以成功，是因为舱内有一男一女，按照中国古代学说，阴阳合一才能形成天地。"

二炮的章司令微嘲道："好嘛，很好的理论，可以命名为

'太极理论'，多像一个三维的太极图：圆泡泡内包着黑白阴阳。你打算花多少钱来验证它呢？"

陈星北冷冷地顶回去："我本人决不相信这些似是而非的理论，但我确实打算在某次实验中顺便地证伪它，或证实它。要知道，我们研究的问题本来就是超常规的，也需要超出常规的思维方式。"

秦若怡机敏地把话题扯开："请讲解人注意，你一直没有涉及最大的技术难点：如何使超维度投掷能够定向，也就是说，控制空间泡融入母体的地点和时间。"

陈星北坦率地说："毫无办法。不光是没有技术方案，连起码的理论设想都没有。很可能在 1000 年后，本宇宙中的科学家仍无法控制宇宙外一个物体的行动轨迹。不要奢望很快在技术上取得突破，用到军事领域。这么说吧，这个课题几乎是'未来的科学'，阴差阳错地落到今天了。它只能是纯理论的探讨，是为了满足人类的探索天性。当然这种探索也很有意义，可以说，远比武器研究更有意义。"

秦若怡立即横了他一眼，最后这句话在这种场合说显然是失礼的，不合时宜的。不过与会人都很有涵养，装作没听见。

领导人说：

"小陈基本把问题说清楚了，现在，对这个课题是上马还是下马，请大家发表意见。"

与会人员都坦率地讲了自己的意见，发言都很有分寸，但基本都是反对意见，比较有代表性的是二炮的章司令。他心平气和地说：

"如果我们生活在一个没有武器、没有战争的世界，我非常赞同小陈说的'人类的探索天性'。可惜不行。我们的世界里充斥着各种高科技的、非常危险的武器，比如说，美国已经发展为实用武器的 X-43 太空穿梭机，能在两小时内把核弹，或动能炸弹，投到世界上任何一个地方。中国虽说 GDP 已占世界第二位，但老实说，我们的军力还远远滞后于经济力量。这种跛足状态是非常危险的，忽视它就是对国家民族不负责任，至少是过于迂腐。所以，我不赞成把国家有限的财力投到这个'空泡泡'里。"

他加重念出最后这个双关语，显然是暗含嘲讽。陈星北当然听得懂，但他神色不动，也不反驳。唐主席一直转着手里的铅笔，用目光示意大家发言，也用目光示意秦若怡。后者摇摇头，她因自己的特殊身份（是陈星北的直接上级和同学）不想明确表态。领导人又问了两个问题：

"小陈，如果这项研究成功，会有什么样的前景？"

陈星北立即回答："那就意味着，我们可以运用这种'无引力运载技术'，轻易地把一个氦-3提炼厂投掷到月球上，或把一个移民城市投掷到巴纳德星球上，就像姚明投篮球一样容易。人类将开始一个新时代，即太空移民时代。"

"取得这样的突破大致需要多大的资金投入？我知道这个问题不会有精确回答，我只要你说出数量级。"

陈星北没有正面回答："那不是一个国家能承受的，得全人类的努力。"

大家把该说的都说了，静等主席做总结。唐主席仍轻轻转动着那支铅笔，沉思着。良久，他笑着说：

"今天我想向大家坦露一点内心世界，按说这对政治家是犯忌的。"他顿了一下，"做政治家是苦差使，常常让我有人格分裂的感觉。一方面，我要履行政治家的职责，非常敬业地做各种常规事务，包括发展军力和准备战争。老章刚才说得好，谁忽视这个责任就是对国家对民族犯罪。但另一方面，如果跳出这个圈子，站在上帝的角度看世界，就会感到可笑，感到茫然。人类中的不同族群互相猜疑仇视，竞相发展武器，最后的结果必然是同归于尽。带头做这些事的恰恰是人类中最睿智的政治家们，他们为什么看不透这点简单的道理呢。当然也有看透的，但看透也不行，你生活在'看不透'的人们中间，就只能以看不透的规则行事。你们说，我说得对不对？"

会场一片静默。这个问题非常敏感，难以回答。过了一会儿，领导人笑着说：

"但今天我想多少变一下。还是用老祖宗的中庸之道吧——首先不能完全脱离这个'人人看不透'的现实，否则就是迂腐；但也该稍微跳离一点，超前一点，否则就不配当政治家。"他把铅笔拍到桌子上，说：

"这样吧，我想再请小陈确认一下：你说，这项技术在1000年内绝对不可能发展成实用的武器，你确信吗？"

"我确信。"

"大家呢？"他依次扫视大家，尤其是章司令，被看到的人都点点头。大伙儿甚至陈星北本人都在想，领导人要对这个项目判死刑了。但谁也没料到，他的思路在这儿陡然转了一个大弯。他轻松地说："既然如此，保守这个秘密就没什么必要了。为1000年后的武器保密，那我们的前瞻性未免太强了——那时说不定国家都已经消亡了呢。"

陈星北忍俊不禁，"哧"地笑出了声——会场上只有他一人的笑声，这使他在这群政治家中像个异类。秦若怡立即恼火地瞪他一眼，陈星北佯作未见。不过他也收起笑容，摆出一副道貌岸然的样子。领导人微笑地看看他，问：

"小陈，如果集全人类的财务和智力，什么时候能达到你说的投篮球，即把工厂投掷到月球上？"

陈星北略微踌躇，谨慎地说："我想，可以把1000年减半吧。"

"那么，就把这个秘密公开，让全人类共同努力吧。"他看看章司令，幽默地说，"不妨说明白，这可是个很大的阴谋，说是阳谋也行：如果能诱使其他国家都把财力耗到这儿，各国就没有余力发展自相残杀的武器了。这是唐太宗式的智谋，让'天下英雄尽入吾彀中'。哈哈。"大家也都会心地笑了，在笑声中他沉思着说，"可能也没有对杀人武器的爱好了，假如人类真的进入太空移民时代，我们的兴趣点就该一致向外了。那时候也许大家都会认识到，人类之间的猜疑仇视心理是何等卑琐。"

与会人头脑都不迟钝，立即意识到他所描绘的这个前景。不少人轻轻点头，也有不同意的，比如二炮的章司令，但他无法反驳主席简洁有力的逻辑。而且说到底，哪个人不希望生活在一个"人人看透"的理性世界里？谁愿意既担心战争同时又在（客观上）制造战争？陈星北尤其兴奋，他觉得这才是他一向亲近的学兄，他的内心仍是诗人的世界。这会儿他真想抱上学兄在屋里转几圈。领导人又让大家讨论了一会儿，最后说：

"如果都没意见，就作为这个会上的结论吧。当然，这么大的事，还需要在更大的范围内来讨论和决定。如果能通过，建议由小陈出使日本，向对方解释事件原因，商谈远期合作规划，全世界各国都可自愿参加。我会尽快推进这件事的决定，毕竟，"他笑着对陈星北说，"小陈恐怕也想早日见到女儿和外甥，对不对？他俩是叫小丫和嘎子吧。"

"我当然急于见他俩。不光是亲情，还有一点因素非常重要：这俩孩子是人类中唯一在外宇宙待过的人——之前的实验也成功过，但都是瞬时挪移，没有真正的经历，不能算数的。想想吧，人类还没有飞出月球之外，却有两个孩子先到了外宇宙！他俩在那个空间中的任何见闻、感受，都是极其宝贵的科学财富。"

"那么，日本科学家，还有任何国家的科学家，都会同样感兴趣的。拿这当筹码，说服尽可能多的国家参加合作。星北，你要担一些外交上的工作，听若怡院长说，你的口才是压苏秦赛张仪，不搞外交实在是屈才了。我准备叫外交部的同志到你那儿取经。"

人们都笑了，秦若怡笑着用肘子顶顶星北。陈星北并不难为情，笑着说："尽管来吧，我一定倾囊相授。"他说，"说起日本科学家，我倒想起一点：我搞这项研究，最初的灵感就来自于一位日本物理学家坂本大辅的一句话。他断言说：科学家梦寐以求的反引力技术决不能在本宇宙中实现，但很有可能在超维度中实现——所谓反引力，与子宇宙在宇宙外的游动（无引力的游动），本质上是一致的。我如果去日本，

94

泡泡

准备先找他，通过他来对日本政治家启蒙。"

"好的，你等我的通知。见到小丫和嘎子，就说唐伯伯问他们好。"

4

嘎子和小丫乘一架 EC225 直升机离开冲绳飞往北海道。机上只有一个沉默寡言的驾驶员，没有人陪同，或者说是押送。这种意想不到的"信任"让两人心中有点发毛，不知道渡边他们耍的什么花招。不过，他俩很快就把这点心思扔掉，被窗外的美景迷住了。飞机飞得不高，可以看见机下的建筑和山野河流。这趟旅途让嘎子有两点很深切的感受，其一是：与中国相比，日本太小了，转眼之间就跨越了大半个国土，难怪他们对几个有争议的小岛那么念念不忘。其二是：日本人确实把他们的国家侍弄得蛮漂亮。想想中国国土上的伤疤（大片的沙漠和戈壁），嘎子难免有种茫然若失的感觉。

直升机飞越北海道的中国山脉（这是山脉的日本名字），在鸟取县的海边降落。这里是旅游区，海边有几个大沙丘，海滩上扎满了红红绿绿的遮阳伞。直升机落在稍远的平地上，一位身穿和服的日本中年妇女在那儿等候，这时用小碎步急急迎上来，后边跟着一个十七八岁的小伙子。那位妇女满面

笑容地鞠躬，用流利的中文说：

"欢迎来自中国恩格贝的贵客，那儿可以说也是远山家族的半个故乡。我叫西泽贞子，未婚名是远山贞子，正瑛老人是我的曾祖父。"

听见"远山正瑛"这几个字，两个孩子心中顿时涌起浓浓的亲切感，他们扑上去，一人抓住她的一只手："阿姨你好，见到你太高兴啦。"

贞子把两人揽在怀里，指指后边："这是我的儿子，西泽昌一。"

小伙子过来，向二人行鞠躬礼。嘎子觉得这种礼节对远山老人的后代来说太生分了，就不由分说，来了个男人式的拥抱。昌一略略愣了一下，也回应了嘎子的拥抱，但他的动作似乎有点僵硬。

驾驶员简单交代两句，就离开了。贞子说她家离这儿不远，请孩子们上车吧。昌一驾车，十几分钟后就到家了。这儿竟然是一栋老式房屋，质朴的篱笆围墙，未上油漆的原色木门窗，屋内是纸隔扇，拉门内铺着厚厚的榻榻米。正厅的祖先神位上供着各代先祖，还特别悬挂着一个老人的遗像。嘎子认出那是远山老人，忙拉小丫过去，恭恭敬敬鞠了三个躬。他对贞子阿姨说：

"阿姨，我们都非常崇敬远山老人。从他去世到今天，内蒙古的防护林又向沙漠推进了 500 公里。不过，比起远山老人的期望，我们干得太慢了。"

贞子说："曾祖在九泉之下听到这些话，一定会很欣慰的。"

已经到午饭时间了，贞子端出来寿司、各种海味、味噌汤，还有鸟取县的特产红拟石蟹。四人在榻榻米上边吃边谈。昌一的中国话也不错，偶尔插几句话。谈话的主题仍是正瑛老人，嘎子一一细数他的逸事：在恩格贝亲手种树，种了 14 年，一直干到 97 岁；远山老人不爱交际，当地的领导去看他，他一言不发只顾干活，那位领导只好陪他种了一晌午的树；老人回日本过年时摔坏了腿，坐着轮椅又飞回恩格贝。飞机刚落地就摇着轮椅直扑试验田。后来腿伤渐重，不得不回日本治疗，腿伤好了，他孩子气地爬上园子里的大树高喊：我又可以去中国了！

"我说得对吧，贞子阿姨？他爬的就是这个院子里的树吧？是哪棵树？"

贞子略略一愣——她并不知道远山正瑛的这些琐事——忙点点头，含糊地说："对，听上辈人说过这些事。"

嘎子又说："老人脾气很倔的，当地人为走近路，老在他的苗圃里爬篱笆，老人生气了，就拿大粪糊到篱笆上。"小丫忙用肩膀扛扛嘎子，嘎子意识到了，难为情地掩住嘴：

"吃饭时不该说这些的。对不起！"

贞子笑了："没关系的。知道你们这样怀念曾祖父，我们都很欣慰。"她觉得火候已经到了，便平静地说："我们都很看重他和贵国的情谊。所以——我很遗憾。请原谅我说话直率，但我真的认为，如果你们这次是坐民航班机、拿着护照来的日本，那就更好了。"

两个孩子脸红了，嘎子急急地说："阿姨你误会了，我们的球舱飞到日本并不是有什么预谋，那只是一次实验中的失误。真是这样的！"

贞子阿姨凝神看着他们，眼神中带着真诚的忧伤。嘎子知道自己的解释没能让阿姨信服，可要想说服她，必须把实际情形和盘托出，但这些秘密又是不能对外国人说的。嘎子十分作难，只能一遍一遍地重复：

"真是这样的，真是这样的，真是一次失误。"

贞子阿姨笑笑："我相信你的话，咱们把这件事撇到一边吧。"

在这个院落的隔墙，渡边、西泽和坂本教授正在屏幕上看着这一幕。隔墙那座房屋其实并不是远山先生的祖居，没错，远山正瑛生前曾任岛取大学教授，但他的后代现在都住在外地。那个叫"远山贞子"的女人实际是渡边的同事，她的演技不错。相信在这位"远山后人"真诚的责备下，两个胎毛未褪的中国孩子不会再说谎的。看到这儿时，渡边向西泽看了一眼，那意思是说：看来我的判断是对的。西泽不置可否。

坂本教授心中很不舒服，也许在情报人员们看来，用一点类似的小计谋是非常正常的，但他们滥用了两个孩子对远山老人的崇敬，未免有点缺德。可是——如果那个神秘的球舱真是中国开发的新一代核弹投掷器？坂本无奈地摇摇头，继续看下去。

按照电影脚本，下面该"西泽昌一"出面了，他应该扮演一个观点右翼的青年，说几句比较刺耳的话，有意刺激两个中国孩子，让他们在情绪失控时吐出更多情报。这个角色，西泽昌一肯定会演好的，因为这可以说是本色表演——他确实叫这个名字，是西泽明训的儿子，本来就是个相当右翼的青年，颇得乃父衣钵。听见屏幕上西泽昌一说：

"既然妈妈提到这一点，我也有几句话，不吐不快。我的话可能坦率了一些，预先请两位原谅。"

嘎子真诚地说："没关系的，请讲，我不愿意我们之间有误会。"

"先不说你们来日本是不是技术上的失误，但这个球舱本来就是军用的，是用来投掷核弹的运载器，我说得没错吧？"

嘎子无法回答。他并不知道球舱的真实用途，舅舅从没说过它是军用的，但空间技术院的所有技术本来就是军民两用，这点确系真情。西泽昌一一眼就看出了他的迟疑，看出他的"理亏"，立即加重了语言的分量：

"能告诉我，你们的球舱是从哪儿出发的吗？"嘎子和小丫当然不能回答。"那么——这是军事秘密，对不对？"

嘎子没法回答，对这家伙的步步紧逼开始有点厌烦。昌一继续说下去：

"所以，我断定这个球舱来日本并不是技术失误，而是有意为之，是针对日本这次夺岛军演的恐吓——今天球舱里坐了个小男孩，明天也许里边放着另一种'小男孩'，可以把东京1000万人送到地狱中。是不是？当然，你们俩可能并不了解这次行动的真实意图，你们也是受骗者。"

到这时，嘎子再也无法保持对此人的亲切感了。他冰冷地说："你说的'小男孩'是不是指扔到广岛的那玩意儿？你怕是记错了，它好像不是中国扔的吧。再说，那时候大日本皇军正在南京比赛砍人头呢。"

西泽昌一勃然大怒："不要再重复南京大屠杀的谎言！日本人已经听腻了！"

嘎子和小丫也都勃然大怒，嘎子脱口而出："放你——"想起这是在远山老人的家里，他生生把后半句咽了下去。三个人恶狠狠地互相瞪着。而其他人（这屋的贞子和隔墙的渡边、西泽）都很着急，因为西泽昌一把戏演"过"了，演砸了，他刚才的那句话超出了电影脚本。这次意外的擦枪走火，肯定使精心的计划付诸东流。贞子很生气，用日语急急地斥责着，但西泽昌一并不服软，也用日语强硬地驳斥着——在现实生活中，贞子并不是他母亲，对他没有足够的威慑力。隔墙的渡边和西泽越听越急，但此刻他们无法现身去阻止两人的争吵。

两人的语速都很快，小丫听不大懂，她努力辨听着。忽然愤怒地说：

"嘎子哥，那家伙在骂咱们，说'支那人'！"

"真的？"

"真的！他们的话我听不大懂，但这句话不会听错！"

嘎子再也忍不住了，推开小餐桌上的饭碗，在榻榻米上腾地站起来，恶狠狠地问西泽昌一：

"你真是远山先生的重外孙？"贞子和昌一都吃了一惊，不知道他在哪儿发现了马脚。其实嘎子只是在讥讽他。"那我真的为远山老人遗憾。你刚才说'支那'，说错了，那是China，是一个令人自豪的称呼，五千年泱泱大国。没有这个China，恐怕你小子还不认字呢。现在都讲知识产权，那就请你把汉字和片假名还给中国——片假名的产权也属中国，你别以为把汉字拆成零件俺就不认识了！"他转身对贞子说，

"阿姨，我们不想和你儿子待在一起了，请立即安排，把我们送回军营吧。"

没等贞子挽留，他就拉着小丫出去了。在正厅里，两人又对远山的遗像鞠了三个躬，然后出门，站在院子里气呼呼地等着。

盛怒的贞子把电话打到隔墙："这边的剧情你们都看清了吧，看看西泽君推荐了一个多么优秀的演员！我无法善后，请西泽君下指令吧！"

西泽明训有些尴尬，渡边冷冷地瞥他一眼，对着话筒说："既然计划已经失败，请你把两个孩子送到原来降落飞机的地方，我马上安排直升机去接他们。"他补充道，"不要让西泽昌一再跟去，免得又生事端。"

西泽更尴尬了，但仍强硬地说："我并不认为我儿子说的有什么错……"渡边厌烦地摆摆手，止住他的话头，说：

"那些事以后再说吧。"他转向坂本，"教授，虽然我们的计划未能全部实施，但从已有的片言只字中，你能得出什么结论吗？"

坂本教授正要说话，忽然手机响了。他掏出手机："对，是我，坂本大辅。什么？他打算亲自来日本？嗯。嗯。"接完电话，他半是困惑半是欣喜，对渡边说，"是外务省转来的驻华大使的电话。陈小丫的父亲，即那个球舱实验的负责人陈星北打算马上来日本，他受中国政府委托，想和日本科学界商谈一个重大的合作计划，是有关那个球舱的。他指名要先见我，因为据他说，我的专业造诣最能理解这个计划的意义。驻华大使还问我是什么球舱，他对此事没得到一点消息，看来你们的保密工作做得很好。"

两人对事态进展都很惊异，西泽激烈地说："我们的大使简直是头蠢猪！那位陈星北的话你们能相信吗？他肯定是以合作为名，想尽早要回两个孩子和球舱罢了。我们决不能贸然答应他。"

渡边说："我们先不忙猜测，等他来了再说吧。"他看看教授，"坂本先生，你好像还有什么话要说？"

坂本根本没听西泽刚才说的话，一直陷在沉思中。良久他说："我想——我可以得出结论了，单凭陈先生说要先来见我，就能推断出球舱实验的真正含义——陈先生已经能强力翘曲一个小尺度空间，使其闭合，从而激发出一个独立的子空间。这个子空间脱离了我们的三维空间，并能在更高的维度上游动。"他敬畏地说，"这本是1000年后的技术，但看来他是做到了。"

中国和日本确实是一衣带水的邻邦，4个小时后陈星北就到了东京成田机场，坂本亲自驾车去迎接他。渡边和西泽带着两个孩子在坂本家里等候。渡边已经通知说小丫父亲很快就来了，但两个孩子一直将信将疑。坂本夫人在厨房里忙活，为大家准备晚饭。15岁的孙女惠子从爷爷那儿知道了两个中国小孩是"天外来客"，是从"外宇宙"回来的地球人，自然是极端崇拜，一直缠着他们问这问那，弄得嘎子和小丫很尴尬：他们不能透露军事秘密，但又不好意思欺骗或拒绝天真的惠子（明显这女孩和西泽昌一不是一路人）。后来，好容易把话题转到呼伦贝尔大草原的景色，谈话才顺畅了。

外面响起汽车喇叭，陈星北在坂本陪同下，满面笑容地走进门。嘎子和小丫这才相信渡边的话是真的，自从球舱误入日本领土之后，他俩已经做好八年抗战的准备，打算把日本的牢底坐穿，没想到这么快就能见到亲人。两人欣喜若狂，扑上去，抱着他的脖子打转转。小丫眼睛红红地说：

"爸，他们欺负我！今天有个坏蛋骂我们是'支那人'！"

陈星北沉下脸："是谁？"

嘎子不想说出"坏蛋"的姓名——不想把这件事和远山正瑛连起来，只是说："没事的，我已经把他臭骂了一顿。"

渡边咳嗽一声，尴尬地说："陈先生，我想对令爱说的情况向你致歉……"

"还是让我来解释吧。"坂本打断了他的话。刚才在路上，他和陈星北已经有了足够的沟通，现在他想以真诚对真诚。他转向两个孩子，"我想告诉你们一个内幕消息，你们一定乐于知道的：你们今天见的那两个人并不是远山正瑛的后人。"

渡边和西泽大吃一惊，没想到坂本竟然轻易捅出这个秘密。嘎子则愣了一下才意识到坂本的话意："冒名顶替？那俩人是冒名顶替？哈哈，太好了，原来如此！"他乐得不知高低，对坂本简直是感激涕零，因为这个消息使他"如释重负"。"我想嘛，远山老人咋会养出这样的坏鸟！"

陈星北喝道："嘎子，不要乱讲话！"

嘎子伸伸舌头，但他看出舅舅并没真生气。真正生气的是西泽明训，但在场的人，除了渡边外，没人知道那个"坏鸟"是他养出来的，这会儿他不大好出头，便强忍怒气没说话。渡边隐去唇边的笑容，只装做没看见。坂本诚恳地说：

"日本民族是吮吸着华夏文化的乳汁长大的，日本人应该铭记这种恩情。"

陈星北扭头看看嘎子，示意他做出适当的表示。在路上，坂本已经把嘎子说的"知识产权"作为笑谈告诉了他。陈星北觉得嘎子这些话是不合适的。其实不必他来催促，嘎子是吃不得捧的人，立即表现得比坂本还要大度：

"言重了，言重了。中国也吮吸了好多国家的乳汁，像印度文明、阿拉伯文明，尤其是西方文明——而且后者最初是通过日本为中介，我们也该铭记这一点的。"他嘿嘿笑着，"我今天那些汉字片假名的胡说只是气话，你们别当真。"

屋里的气氛缓和了。小丫偎在爸爸身边埋怨：

"我妈为啥不来看我？哼，一定把我忘了。"

她爸爸笑道："你们困在泡泡里那 7 天，你妈急得半条命都没了。后来一听说你们跑到冲绳了，她便登时心平气和，还说：'给小丫说，别急着回国，趁这机会好好逛逛日本，把日语学好了再回来。'"

嘎子和小丫都急忙朝他使眼色，又是挤眼又是皱眉。他们在心里埋怨爸爸（舅舅）太没警惕性，像"困在泡泡里"、"七天"，这都是十分重要的情报，咋能顺口就说出来？两人在这儿受了 3 天审讯，满嘴胡编，一点儿真实情报也没露出去。这会儿虽然屋里气氛很融洽，基本的革命警惕性还是要保持的。陈星北大笑，把两个孩子搂到怀里：

"我受国家委托，来这儿谈这个课题的合作研究。喂，把你们那 7 天的经历，详细地讲给我们听。你坂本爷爷可是世界有名的研究翘曲空间的专家。"

"现在就讲？"

"嗯。"

"全部？"

"嗯。"

嘎子知道了舅舅不是开玩笑，与小丫互相看看，两人也就眉开眼笑了——这些天，他们不得不把那段奇特的经历窝在心里，早就憋坏啦！坂本爷爷对陈星北说了一大通日本话，两个孩子听不懂，但能看出他的表情肃穆郑重。陈星北也很严肃地翻译着：

"坂本爷爷说，请你们认真回忆，讲得尽量详细和完整。他说，作为人类唯一去过外宇宙的代表，你们的任何经历，哪怕是一声咳嗽，都是极其宝贵的，不亚于爱因斯坦的手稿，或美国宇航局保存的月球岩石和彗星尘。"

嘎子和小丫点点头："好的，好的。"

两人乐得忍不住笑。真应了那句话：一不小心就成世界名人啦！人类去过外宇宙的唯一代表！他们兴高采烈地交替讲着，互相补充，把那7天的经历如实呈献出来……

5

那天在实验大厅，两人关闭了舱门和舷窗，在通话器里听着倒计时的声音："……5，4，3，2，1，点火！"球舱霎时变得白亮和灼热。球舱的外表面是反光镜面，舱壁也是密封隔热的，但舱外的激光网太强烈，光子仍从舱壁材料的原子缝隙中透过来，造成了舱内的热度和光度。但这只是一刹那的事，光芒和热度随即消失。仍是在这刹那之间，一件更奇怪的事情发生了：两人感觉到重力突然消失，他们开始轻飘飘地离开座椅。小丫惊喜地喊：

"嘎子哥，失重了，咱们都失重了！"

她非常震惊，明明他们是在地球表面，怎么会在瞬间就失重了？宇航员们的失重都是个渐进的过程，必须远离地球才行。嘎子思维更灵光，立刻猜到了原因：

"小丫，肯定是宇宙泡完全闭合了！这样它就会完全脱离母宇宙，当然也就隔绝了母宇宙的引力。舅舅成功了！"

"爸爸成功了！"

"咱们来试试通话器，估计也不可能通话了，母宇宙的电磁波进不到这个封闭空间。"

他们用手摸着舱壁，慢慢回到座位，对着通话器喊话。果然没有任何声音，甚至没有一点儿无线电噪声。小丫问："敢不敢打开舷窗的外盖？"嘎子想了想，说："应该没问题的，依咱们的感觉，舱外的激光肯定已经熄灭了。"两人小心翼翼地打开窗户的外盖，先露一条细缝，外面果然没有炫目的激光。他们把窗户全部打开，向外看去，外面是一片白亮。看不到大厅的穹窿，看不到地面，看不到云彩，也没有恒星和月亮，什么都没有。极目所见，只有一片均匀的白光。

嘎子说："现在可以肯定，咱们是处于一个袖珍型的宇宙

里，或者说子空间里。这个子空间从母体中爆裂出去时，圈闭了超巨量的光子和能量。能量使空间膨胀，膨胀后温度降低，光子的'浓度'也变低。但估计这个膨胀是有限的，所以这个小空间还能保持相当的温度和光度。"

他们贪婪地看着外面的景色。景象很奇特，就像被超级无影灯所照亮的空间。依照人们的常识或直觉，凡是有亮光处必然少不了光源，因为只要光源一熄灭，所发出的光子就迅速逃逸，散布到黑暗无垠的宇宙空间中，眼前也就变黑了。但唯独这儿没有光源，只有光子，它们以光速运动因而永远不会衰老，在这个有限而无边界的超圆体小空间里周而复始地"流动"，就如超导环中"无损耗流动"的电子。其结果便是这一片"没有光源"但永远不会熄灭的白光。

嘎子急急地说："小丫，抓紧机会体验失重，估计这个泡泡很快就会破裂的，前5次试验中都是在一瞬间内破裂的，这个机会非常难得！"

两人大笑大喊地在舱内飘荡，可惜的是球舱太小，两人甚至不能伸直身躯，只能半曲着身子，而且稍一飘动，就会撞到舱壁或另一个人的脑袋。尽管这样，他们仍然玩得兴高采烈。在玩耍中，他们也不时趴到舱窗上，观看那无边无际、奇特的白光。小丫突然喊：

"嘎子哥，你看远处有星星！"

　　嘎子说："不会吧，这个'人造的'袖珍空间里怎么可能有一颗恒星？"他赶紧趴到舷窗上，极目望去，远处确实有一颗白亮亮的"星星"，虽然很小，但看得清清楚楚，绝不会是错觉。嘎子十分纳闷——如果这个空间中有一颗恒星，或者是能够看到外宇宙的恒星，那此前所做的诸多假设都完全错了，很有可能他们仍在"原宇宙"里打转。他盯着那颗星星看了许久，忽然说：

　　"那颗星星离咱们好像不太远，小丫你小心，我要启动推进装置，接近那颗星星。"

　　他们在座椅上安顿好，启动了推进装置，球舱缓缓加速，向那颗星星驶去。小丫忽然喊：

　　"嘎子哥，你看那颗星星也在喷火！"

　　没错，那颗圆星星正在向后方喷火，因而在背离他们而去。追了一会儿，两者之间的距离没有任何变化。小丫说：

　　"追不上呀，这说明它离咱们一定很远。"

　　嘎子已经推测出其中的奥妙，神态笃定地说："不远的，咱们追不上它是另有原因。小丫，我要让你看一件新鲜事。现在你向后看！"

　　小丫趴在后舷窗一看，立即惊讶地喊起来："后边也有一个星星，只是不喷火！"

　　嘎子笑着说："再到其他舷窗上看吧，据我推测，应该每个方向都有。"

小丫挨个从窗户看去,果然都有。这些星星大都在侧部喷火,只是喷火的方位各不相同。她奇怪极了:"嘎子哥,这到底是咋回事?你咋猜到的?快告诉我嘛。"

嘎子把推进器熄火:"不再追了,一万年也追不上,就像一个人永远追不上自己的影子。告诉你吧,你看到的所有星星,都是我们的'这一个'球舱,它的白光就是咱们的反光镜面。"

"镜像?"

"不是镜中的虚像,是实体。还是拿二维世界做比喻吧。"他用手虚握,模拟一个球面,"这是个二维球面,球面是封闭的。现在有一个二维的生物在球面上极目向前看,因为光线在弯曲空间里是依空间曲率而行走的,所以,他的目光将沿着圆球面看到自己的后脑勺——但他的大脑认为光线只能直行,所以在他的视觉里,他的后脑勺跑到了前方。向任何方向看,结果都是一样的,永远只能看到后脑勺而看不到自己的面部。不过,如果他是在一个飞船里,则有可能看到飞船的前、后、侧面,取决于观察者站在飞船的哪个位置。我们目前所处的三维超圆体是同样的道理,所以,我们向前看——看见的是球舱后部,正在向我们喷火;向后看——看到的是球舱前部,喷出的火焰被球舱挡住了。"

小丫连声惊叹:"太新鲜了,太奇特了!我敢说,人类有史以来,只有咱俩有这样的经历——不用镜子看到自己。"

"没错。天文学家们猜测,因为宇宙是超圆体,当天文望远镜的视距离足够大时,就能在宇宙边缘看到太阳系本身,向任何方向看都是一样。但宇宙太大了,到目前为止还没有实现这个预言。"

"可惜咱们与球舱相距还是嫌远了,只能看到球舱外的镜面,看不到舷窗中自己的后脑勺!"

"小丫,你估计,咱们看到的球舱,离咱们直线距离有多远?"

"不好估计,可能有一二百公里?"

"我想大概就是这个范围。这就说明,这个袖珍空间的大球周长只有一二百公里,直径就更小了,这是个很小很小的微型宇宙。"

小丫看了看仪表板上的电子钟:"呀,已经22点了,今天的时间过得真快!从球舱升空到现在,已经整整一个白天了,泡泡还没破。爸爸不知道多担心呢。"

嘎子似笑非笑,没有说话。小丫说:"你咋了?神神道道的。"嘎子平静地说:

"一个白天——这只是我们小宇宙的时间,在那个大宇宙里,也许只过了1纳秒,也可能已经过了1000万年,等咱们回去，别说见不到爸妈，连地球你也不认得了。"

小丫瞪大了眼睛："你胡说八道，是在吓我，对吧？"

嘎子看看她，忙承认："对对，是在吓你。我说的只是可能性之一，更大的可能是：两个宇宙的静止时间以相同速率流逝，也就是说，舅舅这会儿正要上床睡觉。咱们也睡吧。"

小丫打一个哈欠："真的困了，睡吧。外面的天怎么还不黑呢？"

"这个宇宙永远不会有黑夜的。咱们把窗户关上吧。"

两人关上舷窗外盖，就这么半曲着身体，在空中飘飘荡荡地睡着了。

这一觉整整睡了9个小时，两个脑袋的一次碰撞把两人惊醒了，看看电子表，已经是早上7点钟了。打开舷窗盖，明亮均匀的白光立时漫溢了整个舱室。小丫说：

"嘎子哥，我饿坏了，昨天咱们只顾兴奋，是不是一天没吃饭？"

"没错，一天没吃饭。不过这会儿得先解决内急问题。"他从座椅下拉出负压容器（负压是为了防止排泄物外漏），笑着说："这个小球舱里没办法分男女厕所的，只好将就了。"他在失重状态下尽量背过身，痛痛快快地撒了一泡尿。然后对小丫说，"轮到你了，我闭上眼睛。"

"你闭眼不闭眼我不管，可你得捂住耳朵。"

"干嘛？"

小丫有点难为情："你没听说，日本的卫生间都是音乐马桶，以免女客人解手时有令人尴尬的声音？何况咱俩离得这么近。"

嘎子使劲忍住笑："好，我既闭上眼，也捂住耳朵，你尽管放心如厕吧。"

小丫也解了手，两人用湿面巾擦了脸，又漱了口，开始吃饭。在这个简装水平的球舱里没有丰富的太空食品，只有两个巨型牙膏瓶似的容器，里面装着可供一人吃七天的糊状食品，只要向嘴里挤就行。小丫吃饭时忽然陷入遐思，嘎子问：

"小丫你在想什么？"

"我在想——我可不是害怕——万一咱们的泡泡永远不会破裂，那咱们该咋办？"

嘎子看着她，一脸鬼鬼道道的笑。小丫追问："你在笑啥？笑啥？老实告诉我！"

"我有个很坏蛋的想法，你不生气我再说。"

"我不生气，保证不生气。你说吧。"

嘎子庄严地说："我在想，万一泡泡不会破裂，咱俩成了这个宇宙中唯一的男人和女人，尽管咱俩是表兄妹，说不定也得结婚（当然是长大之后），生它几十个儿女，传宗接代，担负起人类繁衍的伟大责任，你说是不是？"说到这儿，忍不住笑起来。

小丫一点不生气："咦，其实刚才我也想到这一点啦！这么特殊的环境下，表兄妹结婚算不上多坏蛋的事。发愁的是以后。"

"什么以后？"

"咱俩的儿女呀，他们到哪儿找对象？那时候这个宇宙里可全是嫡亲兄妹。"

嘎子没有这样"高瞻远瞩"的眼光，一时哑口。停了一会儿他说："不知道，我也不知道。其实历史上已经有先例——亚当和夏娃，但《圣经》上说到这个紧要关口时却是含糊其辞，看来《圣经》作者也无法自圆其说。"他忽然想起来，"说到《圣经》，我想咱们也该把咱这段历史记下来。万一——我只是说万一——咱们不能活着回去，那咱们记下的任何东西都是非常珍贵的。"他解释说，"泡泡总归要破裂的，所以这个球舱肯定会回到原宇宙，最大的可能是回到地球上。"

小丫点头："对，你说得对。仪表箱里有一本拍纸簿和一支铅笔，咱们把这儿发生的一切都记下来。可是——"

"可是什么？"

"可是，咱们的球舱'重入'时不一定在中国境内呀，这么重要的机密，如果被外国人，比如日本人得到，那不泄密了？"

嘎子没办法回答。话说到这儿，两人心里都有种怪怪的感觉。现在他们是被幽闭在一个孤寂的小泡泡内，这会儿如果能见到一个地球人，哪怕是手里端着三八大盖的日本兵，他们也会感到异常亲切的。所以，在"那个世界"里一些非常正常、非常高尚的想法，在这儿就变得非常别扭、猥琐。但要他们完全放弃这些想法，好像也不妥当。

两人认真地讨论着解决办法，包括用自创的密码书写。当然这是很幼稚的想法，世界各国都有造诣精深的密码专家，有专门破译密码的软件和大容量计算机。两个孩子即使绞尽脑汁编制出密码，也挡不住专家们的攻击。说来这事真有点可气，人类的天才往往在这些"坏"领域中才得到最充分的发扬：互相欺骗，互相提防，互相杀戮。如果把这些内耗都用来"一致对外"（探索宇宙），恐怕人类早就创造出一万个繁荣的外宇宙了。

但是不行，互相仇杀似乎深种在人类的天性之中。一万年来的人类智者都没法解决，何况这两个十四五岁的孩子。最后嘎子干脆地说：

"别考虑太多，记下这一切才是最重要的。干吧。"

他们找到拍纸簿和铅笔。该给这本记录起个多响亮的名字呢？嘎子想了想，在头一页写上两行字：

创世记

记录人：巴特尔、陈小丫

前边空了两页，用来补记前两天的经历。然后从第三天开始。

创世第三天　地球纪年　公元 2021 年 7 月 8 日
（巴特尔记录）

泡泡已经存在整整三天了。记得第一天我曾让小丫"抓紧时间体验失重，因为泡泡随时可能破裂"，但现在看来，我对泡泡的稳定性估计不足。我很担心泡泡就这么永存下去，把我俩永久囚禁于此。其实别说永久，即使泡泡在 8 天后破裂，我和小丫就已经窒息而死了。

今天发觉小丫似乎生病了，病恹恹地不想说话，身上没有力气。我问她咋了，她一直说没事。直到晚饭时我才找到原因：她像往常一样吃喝，但只是做做样子，实则食物和水一点儿都没减少。原来，她已经四顿没吃饭了。我生气地质问她为啥不吃饭，她好像做错什么事似的，低声说：

"我想把食物和水留给你，让你能坚持到泡泡破裂。"

我说你真是傻妮子，现在的关键不是食物而是氧气，你能憋住不呼吸吗？快吃吧，吃得饱饱的，咱们好商量办法。

她想了想，大概认为我说得有理，就恢复了进食。她真的饿坏了，这天晚饭吃得那样香甜，似乎那不是乏味的糊状食物而是全聚德的烤鸭。

创世第四天　地球纪年　公元 2021 年 7 月 9 日
（巴特尔记录）

今天一天没有可记的事情。我们一直趴在舷窗上看外边，看那无边无际的白光，看远处的天球上那无数个闪亮的星星（球舱）。记得第一天我们为了追"星星"，曾短暂地开动了推进器，使球舱获得了一定的速度；那么，在这个没有摩擦力的空间，球舱应该一直保持着这个速度。所以，我们实际上是在这个小宇宙里巡行，也许我们已经巡行了几十圈，但我们无法确定这一点。这个空间里没有任何参照物，只有浑茫的白光，你根本不知道球舱是静止的还是在运动。

小丫今天情绪很低落，她说她已经看腻了这一成不变的景色，她想家，想北京的大楼，想天上的白云、地上的青草，更想亲人们。我也是一样，想恩格贝的防护林，想那无垠的大沙丘，想爹妈和乡亲。常言道失去才知道珍惜，我现在非常想念那个乱七八糟的人间世界，甚至包括它的丑陋和污秽。

创世第五天　地球纪年　公元 2021 年 7 月 10 日（巴特尔记录）

今天小丫的情绪严重失控，一门心思要打开舱门到外边去，她说假如不能活着回去，那倒不如冒险去看看外面的世界。我竭尽全力才制止住她。

可惜这个球舱太简易，没有用来探测外部环境的仪器，至今我们都不知道外面的温度是多少，有没有氧气，等等。但依我的推断，如果它确实是从一个很小的高温空间膨胀而成的小宇宙，那它应该有大致相当于地球的温度，但空气极稀薄，近似真空，而且基本没有氧气（在高温那一刻已经消耗了）。

不穿太空服出舱是很危险的事（根据美国宇航

局的动物实验，真空环境会使动物在 10 秒内体液汽
化，1 分钟内心脏纤颤而死），何况我们的舱门不是
双层密封门，一旦打开会造成内部失压，并损失宝
贵的氧气。

所以，尽管这个小球舱过于狭小，简直无法忍
受，但也只能忍受下去。小丫还是理智的，听了我
的解释后不再闹了。也难怪，她只是一个 13 岁的小
姑娘啊。

**创世第六天　地球纪年　公元 2021 年 7 月 11 日
（陈小丫记录）**

嘎子哥在改造球舱的推进装置，今天我记录。

嘎子哥和我商量，要想办法自救。爸爸他们肯
定非常着急，也在尽量想办法救我们。但嘎子哥说
不能对那边抱希望。关键是我们小宇宙已经同母宇
宙完全脱离，现代科学没有任何办法去干涉宇宙外
的事情。

我说，咱们的燃料还有两小时的推进能力，能不
能把球舱尽力加速，一直向外飞，撞破泡泡的外壁？
嘎子哥笑了，说我还是没有真正理解"超圆体"的概

念。他说，还是拿二维球面做比喻吧。在二维球面上飞行的二维人，即使速度再高，也只能沿球面巡行，而不会"撞破球面"。他如果想撞破球面，只能沿球面的法线方向运动，但那已经超过二维的维度了。

同样，在三维超圆体中，只有四维以上的运动才能"撞破球面"，但我们肯定无法做到超维度运动。

他提出另一个思路：在三维宇宙中，天体的移动会形成宇宙波或引力波。由于引力常数极小，所以即使整整一个星系的移动，所造成的引力扰动也是非常小的。我们这个小小的球舱所能造成的引力扰动更是不值一提。但另一方面，我们的宇宙也是非常非常小的，又是内禀不稳定的，所以，也许极小的扰动就会促使其破裂。他说不管怎样，也值得一试，总比待在球舱里等死强。

他打算把球舱的双喷管关闭一个，只用一边的喷管推进。这样，球舱在前进的同时还会绕着自身的重心打转，因而喷管的方向也会不停地旋转，使球舱在空间中做类似"布朗运动"那样的无规则运动，这样能造成最大的空间扰动。只用单喷管喷火还有一个好处：能把点火的持续时间延长一倍。

现在，他已截断了左边喷管的点火电路。

准备工作做好了，但嘎子哥说，要等到第七天晚上（即氧气快要耗尽的时刻）再去这样干，也就是说，那是我们牺牲前的最后一搏，在这之前，还要尽量保存燃料以备不时之需。

创世第七天　地球纪年　公元 2021 年 7 月 12 日（巴特尔记录）

今天我们在异常平静的心态下度过了最后一天（按氧气量计算的最后一天）。我们先是一小时一小时地、后来是一分钟一分钟地、最后是一秒一秒地，数着自己的生命。直到晚上 12 点，小丫说："嘎子哥，点火吧。"我说："好，点火吧。"

现在我就要点火了，成败在此一搏。我左手拉着小丫，右手按下点火按钮。

（7 月 13 日凌晨 4 点补记）

球舱点火后像发疯一样乱转，离心力把我和小丫按到了舱壁上，颠得我们几乎呕吐。我们强忍住没有吐出来，在失重状态下，空中悬浮的呕吐物也是很危险的。俺俩一直没有说话，互相拉着手，默默地忍受着，等待着。4 个小时后，推进器熄火了。但非常可惜，我们的泡泡依然没有变化。

不管怎样，我们已经尽了最大的努力。我和小丫收拾了舱室，给亲人们留了告别信，然后两人告别，准备睡觉。我俩都知道，也许这一觉不会再醒来了。假如真是这样，我想总该给后人留一句话吧。第二次世界大战中的捷克英雄尤利乌斯·伏契克告别人世的最后一句话是：

人们哪，我爱你们，你们要警惕！

但我想说一句相反的话：

人们哪，我爱你们，你们要互相珍惜！

6

日记到此为止，以下的情况是两个孩子补述的。

那晚他们睡得太晚，第二天早上 8 点钟还没有醒。忽然他们觉得浑身一震，或者说是空间一阵抖动，重力在刹那间复现，球舱坠落在某种硬物上，滚了几滚，停下了。小丫从球舱的上面（现在可以分出上下方位了）掉下来，砸到嘎子身上。她从嘎子身上仰起头，迷迷糊糊地问：

"咋了？嘎子哥这是咋了？咱们死没死？"

嘎子比她醒得快，高兴地喊："打开了！打开了！小丫你看打开了！"

小丫也清醒过来："嘎子哥，泡泡打开了！"

通话器里立即传来清晰的声音："嘎子，小丫，是你们吗？听到请回答！"

"是我们，爸爸！舅舅！泡泡突然打开了，我们能看见外面的天、太阳和云彩了！"

然后他们就发现了自己是在战场上，发现了持枪围来的日本兵。就像重力在刹那间出现一样，"这个世界"的规则也在刹那间充溢全身，嘎子立时忘了自己曾经有过的哲人情怀（人们哪，你们要互相珍惜），而忆起了伏契克的教导（人们哪，你们要警惕）。这种急剧的转变非常自然就完成了，没有一点滞涩生硬。随之，两个在枪口包围中的孩子毁坏了通讯器，把《创世记》藏在嘎子的内裤里（没有舍得毁掉），匆匆商量了对付审讯的办法，然后像小兵张嘎那样大义凛然地走出球舱。

这会儿嘎子从内裤中掏出那本记录交给舅舅，笑着说："幸亏今天的日本兵比当年文明，没有搜身，我才能把它完整地交给舅舅。"

陈星北接过来，与坂本一同阅读，那真叫如饥似渴，如获至宝。看完后陈星北对坂本说：

"泡泡的破裂有可能与孩子们造成的内部扰动有关，但从目前的资料还得不出确切结论。另外，我最头疼的那一点仍没有进展，即如何控制泡泡破裂时的'重入'方位。"

坂本说："即使如此，他们俩的经历也弥足珍贵，它使很多理论上的争论迎刃而解。比如：确证了超圆体理论；证明了在不同宇宙中，静止时间的流逝速率相同；证明封闭空间能够隔绝引力、电磁力等长程力；球舱在那个宇宙中的推进和旋转，证明了动量守恒定律、角动量守恒定律及作用力反作用力定律等仍然适用，由此基本可以确定：所有物理定律在两个宇宙中同样有效。"他笑着说，"陈先生你不要太贪心，有了这些你还不满足？它足以让物理学掀起一场革命了。"

"我知道，但我同样关心它的实用层面。"

"实用上也不差呀，至少你已成功激发出一个独立宇宙，并让它保持了 7 天的凝聚。至于如何把它发展成实用的反引力技术，咱们——全人类——共同努力吧。我一定尽我所能，说服国会，参加到这项共同研究中。"他把两个孩子拉过来，搂到怀里，"谢谢你们。我羡慕你们，非常非常羡慕你们，如果我今生能有一次这样的经历，死也瞑目了。"

小丫善解人意地说："那很容易办到的，下一次实验由你进舱不就得了。"

"你爸爸会同意吗？"

小丫大包大揽地说："我来说服他，一定会的！"

在场的人都心情轻松地大笑起来。

坂本夫人请大家入席，说晚饭已经备好。坂本的家宴沿用西方习俗，没有大餐桌，饭菜都摆在吧台上，每人端着盘子自由取食，然后随意结合成谈话的小圈子。陈星北、坂本、嘎子和小丫自然是在一起。惠子刚才听了两人的详细经历，更是十二分的崇拜，一直挤在这一堆里，仰着脸听他俩说话。

这会儿谈话是以小丫为主角，她唧唧呱呱、绘影绘色地描述着那个奇特的小宇宙：没有光源但不会熄灭的白光，无重力的空间，球舱的背影所组成的天球大集合，等等。讲得兴起，饭都忘吃了，嘎子在旁做着补充。所有人都听得很仔细，渡边和西泽也凑了过来。忽然陈星北皱起眉头，指指嘎子说：

"嘎子，你啥时候变成了左撇子？"

嘎子奇怪地说："没有呀，我……"他突然顿住，因为他已经看到，自己确实是用左手拿筷子，但在他的感觉中，仍是在使用惯用的右手，正因为如此，这些天来他一直没有意

识到这一点。陈星北放下盘子，拉过嘎子，摸摸他的心脏，再摸摸小丫的心脏，表情复杂地说：

"没错，嘎子你已经变成右手征的人了。"

在场的人中只有坂本教授立即理解了他的话意，默默点点头。嘎子也理解了，而其他人全都表情困惑。陈星北让坂本太太拿来一把剪刀和一张纸，他三五下剪出一个小人，在左胸处剪出一颗心脏形的空洞。"我来解释一下吧。请看这个二维人，心脏在左边，我们称为左手征。如果他不离开二维世界，那么无论他怎样旋转、颠倒，也绝不会变成右手征的人。"他把那个平面人放在桌面上随意旋转和颠倒，"但如果它能进入高维度世界，手征的改变就是很轻易的事。现在我让它离开二维平面，"他把那个纸人掂离桌面，在空中翻一个身，再落下来，现在纸人是"面朝下"，心脏也就变到右边了。"你们看，他的手征已经轻易改变了。这个规律可以推延到三维。三维空间的三维人如果能上升到四维空间中，等他再度'回落'到原三维世界时，自身手征改变的可能性是50%。嘎子和小丫的情况正好符合这个概率：嘎子的心脏变到右边了，小丫没变。"

渡边恍然大悟："我想起来了，球舱上的汉字也都反了！当时我还以为，这些字是从窗户里面写的呢。"

陈星北沉默了，心事重重地看着嘎子，而头脑灵光的嘎子也意识到了更深层次的问题，他努力镇静自己，但难免显得心思沉重。小丫大大咧咧地说：

"你们有啥发愁的？心脏长右边怕啥，我知道世上有人天生心脏就在右边，照样活得好好的。"

嘎子闷声说："那不一样。心脏右置的人，他的分子结构仍是正常的，但我这么'彻里彻外'一颠倒，恐怕连氨基酸的分子结构也变了。"他知道在场很多人听不懂，便解释说，"从分子深层结构来说，生物都是带手征的。地球上所有生物体都由左旋氨基酸组成，这是生物进化中随机选择的结果。"

他们的对话一直是英语夹杂着汉语，惠子听不大懂，见大人的表情都很凝重，就悄悄询问爷爷。坂本教授解释说：这个少年将成为世上唯一右手征（右旋氨基酸）的人，他可能无法接受别人的输血，甚至不能结婚生子（精卵子的手征不同）。惠子对嘎子的不幸非常担心，小声问：

"那怎么办？爷爷，你一定要想办法呀！"

坂本说："我和你陈伯伯都不是生物学家，我们会立即咨询有关专家的。"

小丫不服气地说："不会吧，如果手征相反，那他还能吃地球上的食物吗？这些天他可一直在吃左手征的食物。"

嘎子对她的反诘也没法解释，只是说："手征的变换肯定是泡泡破裂时才发生的。"

小丫机敏地反驳:"就是从那会儿开始,你也吃了三天日本食物了,也没见你中毒或泻肚!总不能日本食物和中国食物手征相反吧。"

这个诘难很俏皮,她自己先咯咯地笑起来。陈星北和坂本互相看看,确实没法子解释这种现象。小丫更是得理不让人:

"再说,手征反了有啥关系,真要有危险,让嘎子哥再去做两次实验,不就变回来了?"

在场的人都一愣,立即哈哈大笑。没错,大人的思维有时反倒不如孩子直接。管它手征逆变后是不是有危险呢,如果有危险,再让他进行一两次超维旅行,不就变过来了嘛,反正是50%的概率。

惠子也受到启发,突然说:"还有一个办法呢,下次超维度旅行时多派几个姑娘去,其中有人会变成右手征的人,让嘎子君和她结婚不就可以了嘛。"

大人们不由得又乐了,不错,这也是解决办法之一,当然这个方法会带来很大的麻烦:从此世界上将会有左右手征的人并存,男女结婚前的婚检得增加一项,以保证夫妇俩手征相同。没等他们说出这个麻烦,惠子就自告奋勇地说:

"我愿意参加下一次超维度旅行!"

她含情脉脉地看着嘎子，她这句话的用意很明显，实际上是向嘎子射出了丘比特之箭。嘎子心头一热，以开玩笑来掩饰：

"你说的办法妙，那可是真正的'撞天婚'。"他摸摸自己的心脏，庆幸地说："幸亏它只改变心脏或氨基酸的手征，并未改变思想的手征。要是我从那个小宇宙跑一趟回来，得，左派变成右派，变成西——"他本来想说"变成西泽昌一那样的混头"，但看在坂本教授和惠子的面子上，决定留点口德，没有说下去，"那我的损失才大呢。"

陈星北笑道："我倒希望，人们经过一次超维度旅行后都变成这样的镜像对称——你也爱我，我也爱你。套一句说腻了的中国老话，就是人人爱我，我爱人人。"他叹息一声，"我知道这很难，比咱的'育婴工程'不知道难多少倍。那只能是一万年后的远景目标了。好，不扯闲话，回到咱们的正题上。"

尾　声

一星期后，坂本教授送陈星北一家三人回到北京，并获准参观了廊坊的"育婴所"。

一年以后，中、日、美、俄、印、德、法、英八国政府正式签订了《合作开展育婴工程》的政府协议。陈星北心中大乐——这个私下流传的绰号终于登上大雅之堂了。中国民间无聊人士把这项合作称为"新八国联军"。所以，很快它就被另一个比较亲切的名字取代：老八路（"老"是相对后来的新成员国而言的）。

那年，中国民间最流行的政治幽默是：日本兵带头参加八路军。

又过了2年，八国组织扩大为36国。又过了5年，扩大为72国。很巧的，这两个数字正合中国古代所谓的"天罡""地煞"之数。这时"育婴工程"已经有相当大的进展，保持"泡泡"持续凝聚态已经不困难了。至于"定向投掷"则仍然遥遥无期，陈星北说那还是500年后的远景。

是年23岁的巴特尔（嘎子）还在读博士后，但已经是"育婴工程"月球基地的负责人了。坂本惠子在他手下工作，两人的关系基本上也到了正式签约的阶段。不过一个很大的问题是：两人的"八字不合"（手征不匹配）问题还没有最终得到解决，但至少已经断定，吃左旋氨基酸食物对右手征的嘎子在生理上没有什么影响，所以嘎子也就没有急于再去"外宇宙"把手征变回来。

陈小丫这时正在东京大学读硕士，专业自然与"育婴工程"有关。坂本大辅教授已经退休，但小丫一向自称是他的私塾弟子，因为她就住在坂本爷爷的家里，而这位爷爷又兼做私塾老师，而且做得非常尽责和称职。

注：本文的部分构思受了北京交大宋颂的征文《油滴》的启发，仅此声明并致谢意。

——作者

灵 童

　　三圣岛的圣使来到我家的草窝时，弟弟才娃刚过 5 岁生日。从那天起，我家的一切就像是突然转动的万花筒，一下子变得眼花缭乱起来。

　　我们住在腾格里草原的边缘，不过我们一般称它草窝而不称草原，因为它不是一马平川的草原，而是连绵不断的土丘，不，应该叫做沙丘；不，更准确地说，这里曾经是肥沃的草原，后来变成沙丘遍布的沙漠。在 22 世纪初，沙漠被征服了，长满了耐旱耐碱的转基因草。但这种草原还不是太稳定，是一层草网罩着几百米深的沙层，可能会因一场洪水或长期的干旱而恶化，所以政府在这儿设了少量的草场看护人，每隔三四十里地住一家，监视和维护着草场。其他人是不让在这儿居住的，以免破坏脆弱的生态。这么一说就明白了，在我们这一带，家里来客是很特别的事，因为方圆几十里只有一户人家啊。何况是三圣岛的客人呢？

消息是表叔通知的，他是腾格尔县的县长。他在可视电话上告诉爹，说你们准备一下，明天三圣岛的圣使要到你家去。爹惊喜地喊："三圣岛的圣使？"我和妈也都惊呆了，我们想一定是听错了。全世界的人谁不知道三圣岛呢？它是南太平洋的一个小岛，岛上住着三个最聪明的人。不是一般的聪明，不是比普通人聪明一百倍一千倍，而是聪明一亿倍、十亿倍。有了这三个人，全地球的人都不用研究科学了，因为三位"圣人"已经把科学发展到一般人根本不能理解的地步，你再努力也是白搭，你只管享用科学带来的成果就行了。

不过"三圣"并不是神，他们是凡人，也会衰老和死亡。圣人一般在100岁时退休，退休前，他会在全世界的孩子中仔细挑选，选出最聪明的孩子为接班人，接到三圣岛培养。现在的三圣之首是97岁的麦洛耶夫，早就听说他开始挑选他的转世灵童了。可是——怎么可能是我家呢？

这应该是大喜事呀，可表叔的表情为什么哭笑不得，像是嘴里窝着一个涩柿子？爹虽然惊喜，更多的是怀疑，听见他低声问："是良女？"

我尖着耳朵听见我的名字，全身一震，但打心眼里不相信我会被挑中。我知道自己绝对算不上聪明，在网络学校上学，我虽然非常努力，功课也只能算中下等水平。再说，我已经12岁了，听说灵童都是选5岁左右的孩子。果然，表叔摇摇头，闷声说："不是良女，是才娃——也不是选中了，他们只是来考查。"爹一下子就丧气了。表叔说："不管怎样，还是准备准备吧，明天我陪他们过去。"

　　爹叹口气，开始和妈商量迎接客人的事。我当然知道他们为什么叹气——人人都知道我弟弟是个傻子呀。他们在想，三圣这回一定选错了，这些聪明人也会偶尔出错吧。明天圣使们一见到王才娃就会知道真相，就会摇着头，把这个名字从灵童备选名单上划掉，我们就会空欢喜一场。

　　全家人只有我喜不自禁，我偷偷跑出来，大声喊：才娃，才娃，最好的好消息，你真的是神童，不是傻子！

　　只有我从不认为弟弟是傻子。当然，他表面上看起来有点傻，直到5岁还说不了完整话，只会说：我饿、喝水、姐姐好，或者是些没有意义的话：草石头、白浪浪、骑马顿顿等。他不会自己穿衣服，不会擦鼻涕，嘴巴上老是挂着两条"河"。可是，我觉得他常常有别人所没有的感受。比如，朝阳出来的时候，霞光满天，云朵镶着漂亮非凡的金边，他会爬到坡顶去看，高兴得啊啊大叫。他为什么那么激动呢？朝霞当然漂亮，但也不值得啊啊大叫呀；晚上，他又会一眼不眨地看夕阳，看着西天红霞慢慢变淡，变黑，他的眼眶中会盈满泪水，喃喃地说："不落，不要落"。他为什么会对西落的太阳那么怜惜呢？太阳又不会丢失，明早又会升起来。

我不能说这些事就证明他聪明，但至少说他的感觉比别人都要敏锐一些。还有，他喜欢所有的小生灵，像麻雀啦，沙鸡啦，草原百灵啦，小羊羔啦。还非常喜欢观察蚂蚁，趴在地上，一看就是一下午。我们这儿原来有一种沙漠蚁，大个头，腿很长，在灼热的沙面上跑起来像一阵风，只要找到食物，它就迅速噙上，飞一样跑回阴凉的洞内。后来，随着草原的扩大，内地的黑蚂蚁也迁来了，它们都是些慢性子，不慌不忙地悠来荡去，如果碰上同窝的蚂蚁，还会用触须打招呼呢。才娃弟最喜欢看蚂蚁用触须说话，甚至会看得咯咯地笑。这个时候，爹就说他傻，我不同意，我想弟弟一定是懂得蚂蚁的语言。

不过爹不信我的话，娘也不信，他们都说那是我太喜欢弟弟了，所以不由自主地为弟弟美化。他们说，才娃确实傻，这是没说的。当爹娘的谁愿意儿子是个傻蛋呢？但这是老天安排的，没办法。

我确实喜欢弟弟，可能是我比他大得多的缘故吧，我从小就疼他，把他放在心窝窝里。弟弟也很喜欢我，有时候他惹爹娘生气了，就赶紧跑到我的背后，知道姐姐最护他。

我喊叫着"好消息"，在羊圈里找到了弟弟。我家只养了10只羊和3只骆驼。这儿不允许多养羊的，因为羊多了就会把草皮啃破。骆驼则用来充当交通工具，因为这些新草场不许汽车碾压。这会儿，弟弟和骆驼白鼻子卧在一起，身上脏兮兮的，鼻子下仍挂着两条"河"。我顾不上为他擦鼻涕，抱着他使劲亲：才娃，好消息，你果然是个神童，你被选做三圣的灵童啦，三圣绝不会选错的！

弟弟一点儿也不激动，结结巴巴地说：灵童、知道。我惊喜地问：你早就知道这个消息了？你是怎么知道的？弟弟没有回答，用他的小嘴巴亲亲我说，姐姐、好、不走。我想了想，猜出他的意思："你是不是舍不得离开姐姐？姐姐也舍不得你呀，可是你一定得去三圣岛，你要在那儿变成最聪明的人，全世界的人都要仰着脸看你呢。"

我太高兴了，有点发傻了，抱着才娃说了好多好多的话。才娃可没把这个消息放在心里——越是这样我越觉得他不寻常——他从我的怀里挣出去，又和骆驼和羊羔玩儿去了。

第二天一早，一艘小飞碟轻盈地降在我家门前。这肯定是最新式的飞碟，非常精致，飞起来没有一点声音，落在草

灵童

地上，连草尖都不带弯的。表叔和三个人从飞碟上跳下来，一个是白人老头，红色的手臂上长满体毛和老人斑，表叔叫我喊他罗杰斯爷爷；一个是苏丽姑姑，中国人，有30多岁；第三个是肯特伯伯，是个黑人，嘴唇特别厚。他们都说着标准的北京话，当然，罗杰斯和肯特是通过即时翻译机。表叔对他们非常尊敬，介绍说这三位贵客就是三圣岛来的圣使。苏丽姑姑笑着说：

"可别说什么三圣岛啦圣使啦，那是下边瞎哄的。那个岛的正式名字是思维与创造中心，我们只是普通的工作人员。呀，这就是王才娃吧，来，让姑姑抱抱。"

弟弟穿得焕然一新，脸蛋也洗得干干净净。他不大见生人，躲在我身后不出来。我急了，又是哄又是骗，好不容易才把他推出来。他让苏姑姑抱了一下，马上又从姑姑怀里挣下来。苏姑姑说：哟，架子还蛮大哩，等你当上三圣不知道该有多厉害！说得我们都笑了。

苏姑姑同爹和娘拉了一会儿家常。她问：听说你们是蒙古族？怎么是汉族的姓？爹嗨嗨笑着，不知道怎么回答。表叔说：这是一本糊涂账。这儿是蒙、藏、回、汉杂居的地方，原来我们都当自己是汉族，后来政府通知我们改为蒙古族。元朝末年，八月十五杀鞑子时，有一支蒙古人跑到这儿躲起来，改为王姓，表示他们是王族后代。所以，这一带的王姓

143

应该是蒙古族。其实，四五百年了，这事谁说得准呀，没准我们确实是汉族呢。就是做基因鉴定也不一定分得出来，几百年的通婚，早把汉族人和蒙古族人的血脉掺搅在一块儿了。

他还说，从这儿往南没多远就是藏族区，听说那儿出过一个达赖或者是班禅的转世灵童呢，那儿的藏民们很是自豪。提起这个话头，爹、娘和表叔都不说话了，担心地盯着三位圣使。他们既然是来考查的，总要向才娃提一些问题吧，一定是很难很难的问题，那时才娃的智力就要露馅了。但三位圣使，或工作人员，根本没有向才娃提问的意思。他们只是拉家常，夸这儿的风景，问这儿的风土人情。后来看到我家的 3 只骆驼，3 个人一齐来了兴致，要骑骆驼逛逛大草原。爹忙把骆驼牵出圈，扶三位客人上去。苏姑姑喊：

"才娃，来，和姑姑一块儿去玩！"

弟弟把手指含在嘴里，傻傻地看着客人。苏姑姑骑的是那头白鼻子，平常他最喜欢。他大概想去，又害怕这些生人。我说："弟弟，去吧。要不，姐姐陪你去，行不行？"

弟弟很高兴，拉着我跑过去。苏姑姑把弟弟抱到她的骆驼上，肯特伯伯把我抱到他的骆驼上。3 只骆驼驯服地朝前走了。

按说爹和表叔应该陪一个的，但他们都没跟来。事后他

灵童

们说，他们猜忖三位圣使是想单独对才娃考问，所以知趣地
躲开了。我没有大人的心机，不过我凭着下意识的狡猾，做
得不比他们差。骆驼迈着大步行走时，我喋喋不休地告诉肯
特伯伯，才娃弟不傻，一点都不傻，实际上，我认为他非常
聪明。伯伯和蔼地说：对，你们都是好孩子，都是聪明的孩
子。我怕肯特伯伯不信，还讲了我的依据：弟弟如何喜欢朝
阳彩霞，如何依恋夕阳，如何喜欢小动物，还能听懂蚂蚁的
对话。肯特伯伯频频点头：

"我当然信，当然。你弟弟是个聪明的孩子。"他还加了
一句："你是个好姐姐，非常爱你的弟弟，对不对？"

在同肯特伯伯交谈时，我也一直竖起耳朵听着苏姑姑那
边。虽然我真的相信弟弟是个天才、神童，但他到底能不能
通过三位圣使的考问，我心里也没数。这会儿，苏姑姑肯定
在考问他吧，一定是"最难最难"的问题吧。不管是什么问
题，我是帮不上忙了，只能靠弟弟自己了。这事很清楚的，
如果这些问题我都能回答，那我也够格当灵童了。

可是，没听苏姑姑提什么问题。她搂着弟弟，兴致飞扬
地看草窝里的景色，说："这儿真美！"看惯了南太平洋的美，
这儿的风景让人耳目一新。多雄浑，多壮丽！看得高兴，她
放开嗓子唱起来："蓝蓝的天上白云飘，白云下面马儿跑。挥
动着鞭儿响四方，百鸟齐飞翔……"声音像银铃似的，非常

145

动听。或者高声朗诵："敕勒川，阴山下，天似穹庐，笼盖四野。天苍苍，野茫茫，风吹草低见牛羊。"

弟弟很快喜欢上这个性情爽朗的姑姑，紧紧偎着，侧脸盯着她，嘴里喃喃地学她唱歌。可是一会儿他就不耐烦学了，仍像过去高兴时那样，放开嗓子"啊啊"地叫起来。我赶快看苏姑姑他们，怕他们说弟弟傻，但苏姑姑大笑起来，把弟弟搂得更紧了。

我估摸着，苏姑姑和肯特伯伯这边大概没问题了，如果有阻力，大半来自罗杰斯爷爷，因为他一直微笑地、不动声色地打量着弟弟。他一定是三个考察者的头头。可是，怎样让弟弟通过他的测试呢？我想破头皮也想不出办法。不过，弟弟运气很好，很快就有了表现自己的机会。

3只骆驼不慌不忙地走着，前边草原消失了，巨大的黄色沙丘出现在眼前。这是国家特意保留的10平方公里沙漠，是作为一种景观而保留的。骆驼走上沙丘，在后边留下一长串梅花型的蹄印。正午的太阳把沙面灼得火热，但苏姑姑不怕，从骆驼上下来，在沙堆上奔跑、打滚，乐得像个小丫头。这种疯闹正合弟弟的脾胃，他干脆脱了鞋光脚丫子在沙面上跑来跑去。

肯特伯伯和罗杰斯爷爷笑吟吟地站在一旁看着。

弟弟突然停下来，聚精会神地盯着某一处。罗杰斯爷爷注意到了，拉着我走过去。光秃秃的沙面有一个尖尖的东西，在那儿轻轻摇动。罗杰斯爷爷好奇地问：那是什么？我摇摇头。爷爷向那边走去，弟弟忽然跑过来，拉着爷爷的衣角，指着那儿说：虫！

一只昆虫正向那儿飞快地爬去，我们还没辨认出那是什么虫，忽然像闪电一样，一只蛇头从沙堆里窜出来，一口把那只虫吞掉，而后迅速钻回沙中。原来那尖尖的东西是蛇的尾巴，是它诱杀食物的诱饵！罗杰斯爷爷刚才如果跑过去，说不定遭它咬一口呢。爷爷高兴地说：好孩子，你已经看出它是一条蛇，是不是？真是个聪明的孩子。

我在旁边多少有些嘀咕：刚才弟弟说的是"虫"，他很可能指的是在沙面上跑的那只昆虫而不是指沙里藏的蛇啊。不过……我犹豫着，最终没有把这一点告诉三位圣使。

我知道自己的隐瞒不大光明。我想，因为弟弟而存点私心，老天爷也会原谅我的。

回到家已经是下午三点了，爹娘没吃饭，在等着我们。我们都饿了，午饭吃得风卷残云，三位圣使不住嘴地夸奖娘做的饭菜好吃。美中不足的是，弟弟的表现欠佳。平时吃饭，他总是用不好筷子，爹娘也没强求他，由着他用手抓。今天当然不行了，娘给他一双筷子，再三交代他不能用手。可是弟弟饿了，用筷子老夹不到菜，就把筷子一扔，用手抓起来。爹急得吼了一声，把弟弟吓住了，嘴角一咧一咧地想哭。苏姑姑他们都笑了，连忙说："不碍事的，不碍事的，让他抓吧。"

爹当然不能让他抓。我赶快把弟弟拉到这边，给他夹饭和夹菜，这场尴尬才算结束。表叔在暗暗摇头，不用说，他认为这番表现足以把王才娃淘汰掉了。我也暗暗着急，只能盼望圣使们不在乎这些小事，也许他们能看到弟弟内在的聪明。

饭后，圣使们就要走了，表叔和他们一块儿走。临上飞碟时，他们和表叔说了几句。表叔一下子愣了，在飞碟边愣了很久，他跑过来震惊地对爹说：

"圣使们说王才娃已经通过考查，他就是麦洛耶夫的灵童了，三圣岛将在7个星期后来迎驾！"

好消息来得太突然，我们全家都懵了，甚至最看好弟弟的我也不敢轻信。只有弟弟嘻嘻笑着，一副宠辱不惊的样子。表叔愣愣地打量他，眼神已经变了，震惊，敬畏，茫然。他这会儿一定在想，弟弟是真人不露相，就像传说中的济公和尚一样，外表疯傻，其实有大智慧。弟弟指着飞碟说：

"姐姐、我坐。"

我们都崇拜地看着他，他是不是在说，他早已料到这次考察的结局？你看他是那么自信和坦然。表叔毕恭毕敬地说：

"是的，是的，你很快会坐上这架飞碟的，他们说 7 个星期后就来接你。"

弟弟又指着三人说："苏姑姑、抱我。"

表叔想了一下："你是吩咐，7 个星期后让苏姑姑来接你？好的，我转告他们。"

看着表叔同弟弟说话时垂手而立的样子，我直想笑。表叔可不敢笑，连大气也不敢出哩。后来，弟弟不说话了，表叔恭敬地说：你如果没别的吩咐，我就去了。

飞碟飞走了，爹和娘你看看我，我看看你，手足失措。这个弯转得太陡了，憨才娃一下子变成了灵童，变成了世上最聪明的人了。他们该怎么对待他？以后的 49 天里，他们对弟弟小心翼翼，不要说训斥了，连说话也不敢大声。弟弟倒没什么变化，仍像往常一样玩，抹鼻涕，数蚂蚁，在爹娘跟前撒娇耍赖。

我真替弟弟高兴，但内心深处也有隐隐的不安。这三位圣使……我当然不够格批评圣使，但我觉得他们的考察太随意，太儿戏，太不认真。我当然希望弟弟被选上啦，可是，如果万一——我是说万一——选错了，弟弟并不能胜任三圣的工作，那该怎么办？他要替全人类思考啊，60 亿人指着他哩。

这些不安我没法告诉任何人，只有闷在心里。睡梦中，它总是在黑暗处悄悄蠕动着。

弟弟很快变得声名远扬。不要说这一带了，我想全世界都知道了王才娃的名字。人们蜂拥着往我们的草窝来。或骑马，或骑骆驼，甚至有步行的。从公路到这里，步行要两天两夜呢，但瞻仰的人没把这点苦放在眼里。世人都知道，三圣岛是不许闲人上去的，所以，从没人能见到三圣的面，愿意瞻仰圣容的人只能趁灵童选定后还没移驾这一段时间。他们当然不会错过这个宝贵的机会。弟弟对来人视而不见，照样与羊羔玩耍，照样拖鼻涕，但来人都知道这是真人不露相的表现，他们毕恭毕敬地远远站着，窃窃低语着，然后满足地离开。

我还碰见一件非常离奇的事。那天我和弟弟在草窝里玩，碰上两个来朝拜的人，是一个中年人背着他母亲。中年人面色黝黑，脚上还拴着铁锁，不知道是哪个国家的苦行者，他背着母亲长途跋涉到这里，需要多大的毅力啊。遇见我弟弟后他十分惊喜，艰难地伏在地上行礼，他背上的老妇人也虔诚地合掌为礼，苍老的目光中充满渴盼。弟弟很好奇，走过去，试探地伸手触触老妇人的额头。老妇人像遭到电击，浑身一抖，然后挣扎着从儿子背上爬下来，试着走路。不可思议的是，她真的会走了！在儿子的搀扶下走了十几步。母子俩高兴得要疯了，用我们不懂的语言啊啊地嚷着，伏在地上亲吻弟弟的脚印。

这个当口，连我，每天为弟弟擦鼻涕的良女姐姐，也敬畏地看着他。弟弟全不在意，也不管仍然伏在地上的那对母子，拉着我跳跳蹦蹦地走了。事后我才慢慢醒过劲来，我不再相信弟弟有这样的法力——毕竟他是我抱大的嘛，他从来没有在我面前显过灵。而且，即使他被选为三圣，也只是一个超级聪明的科学家，而不是法力无边的耶稣和如来。那位瘫痪老妇人突然会走路，只能是她的心理作用。对于这些虔信者，心理作用是非常管用的。

即使这样，弟弟在我的心目中也逐渐高大起来。

7个星期后，三圣岛的迎驾使团来了。政府事先已把这儿封闭，否则，那天朝拜的人会挤得飞碟没办法降落。

肯特和罗杰斯没来，苏姑姑来了，他们确实遵照了弟弟的吩咐。同时来的还有十几架直升机、垂直升降机和飞碟，有几十个风度翩翩的人来为灵童送行，他们大概都是各级首脑，不过我不认识。他们都没有进屋，恭敬地列队立在门外，等着弟弟出来。但弟弟在这节骨眼上真让人失望。他知道飞碟要把他带走，从此离开爹娘和姐姐，便凶猛地大哭着，扯着娘的衣角不松手。娘也哭，哭着劝他走。他可能觉得娘不可靠了，便转过身抓住我的衣角，死死不放。苏姑姑和颜悦色地劝他，但这会儿他不再喜欢苏姑姑了，用力打苏姑姑的手。苏姑姑的手背被他的指甲划伤了。

娘很难为情，赶快找来创可贴，但苏姑姑没工夫包扎，仍在耐心地劝弟弟。很长时间过去了，他的反抗一点都没有松劲，爹、娘和苏姑姑都没辙了。门外的贵宾们很有修养，耐心地等着，眼观鼻，鼻观心，装着没看到屋内的尴尬。但这件事总得有个解决办法呀。我同样舍不得弟弟，想起要同他生离死别，嗓子就发哽，但我只有硬着心肠劝他。弟弟非常生气，大概他认为姐姐最不该"叛变"的，他生气地打我，嘶哑地哭喊：

"不，不走！"

一屋子人一筹莫展。我忽然灵机一动，抱起弟弟说："要不，姐姐陪你一块儿去，好不好？"

满屋的人像碰上救星。爹、娘和表叔都看着苏姑姑，他们知道外人是不能上三圣岛的。苏姑姑略微思考一会儿，爽快地说："行，让良女陪他一块儿去！"

这句话让在场的人吃了定心丸，我搂紧弟弟，脸贴着脸小声劝他：三圣岛多漂亮呀，姐姐陪才娃一块儿去玩，行不行？那儿有飞鱼、海豚和信天翁，还有很多好吃的菠萝、椰子和柠檬呢。弟弟的哭声渐渐放低了，最后用双手搂着我的脖子，轻轻点点头。

在场的人长出一口气，赶紧簇拥着我和弟弟出去，生怕灵童变了主意。我在前排座位坐好，让弟弟坐到膝盖上，教他：

"弟弟，跟爹娘说再见！"

弟弟的情绪已经扭过来了，雄赳赳地同爹娘挥手，回头对飞碟司机喊：走呀，走呀。苏姑姑微笑着向司机点头，于是飞碟轻飘飘地飞起来。我听见娘在下边带着哭声喊：才娃！我的才娃！

苏姑姑告诉我，这种飞碟是靠磁流体驱动的。它飞得又快又稳，一个小时后就到了三圣岛。碧波万顷的海面上，一个小岛迅速扩大，飞碟落下来，罗杰斯爷爷和肯特伯伯在下边迎候我们。

苏姑姑领着弟弟和我在岛上及附近玩了3天，我们玩得真痛快。弟弟对什么都喜欢，碧蓝的海水，白色的珊瑚，海面上的飞鱼，喷水的鲸鱼，甚至是海水中可怕的纠结缠绕的黄腹海蛇。岛上的房子非常漂亮、非常精致，我没办法用言语形容，我只能想，如果真有传说中的龙宫，大概就是这个样子吧。不过，虽然漂亮非凡，并没有什么神秘，而在来三圣岛之前，我耳朵中已灌满了关于它的神秘传说。

　　第四天，苏姑姑说麦洛耶夫先生要见我弟弟。苏姑姑笑着说："在这个岛上，从不使用'圣人'这个称号。可以直呼麦洛耶夫、南蒂和森的名字，如果想用尊称，称他们为'智者'就行了，这是他们最喜欢的称呼。"我们走进岛中央一个乳白色的漂亮建筑，屋内是一个巨大的钟形的透明罩子，罩内坐着三个身形高大的人，都有三四个人那么高。钟形罩旋转着，把三个人依次转到正面。他们都方面大耳，瞑目端坐，显得十分庄严伟岸。我到过一些寺庙，我想他们就像寺庙中的三世佛（过去佛燃灯、现在佛如来、未来佛弥勒）一样神圣尊崇。

　　那会儿，我心中鼓荡着宗教般的虔诚，我朝他们鞠躬，合掌行礼。弟弟拉着我的衣角，不停地转着脑袋东看西看。三圣中的麦洛耶夫把眼睛睁开了，微笑道：

　　"是我的接班人到了吗？请进来吧。"

　　透明的钟形罩上忽然现出一扇门，苏姑姑请弟弟进去。这个当口，弟弟的老毛病又犯了，拉紧我的衣角不松手。苏姑姑低声说：请你一个人进去吧，那里面是不允许别人进的，连我们也不能进。弟弟才不听她的道理呢，只是拉着我，苏姑姑越劝，他拉得越紧。

　　麦洛耶夫笑问："是怎么回事？"苏姑姑难为情地说："小智者王才娃非要和他姐姐一块儿进，我在劝他。"麦洛耶夫

笑道：

"没关系的，让他姐姐也进来吧。"

苏姑姑一副很吃惊的样子，看来，能进到钟形罩里确实是难得的殊荣。于是，我抱着弟弟，忐忑不安地走进去。

里面很空旷，三人背靠背围坐在一起。我惊异地发现，刚才透明罩外显示的并不是真实的形象。看似绝对透明的钟形罩是如何完成这一转换的？我不知道。罩内这三个人的身高和普通人一样，一个是 97 岁的麦洛耶夫爷爷，白须白发，面目清癯；一个是 40 多岁的女智者南蒂，一头金发，体态丰腴；另一个是 20 多岁的男智者森，黑发，黄皮肤，比较消瘦。他们的面容没什么特别，只是脑袋特别大，而且……我揉揉眼睛，以为自己是看错了，不，没看错，三人的脑袋非常畸形地向后延伸，最终三个脑袋长在一起。这个景象太恐怖了，我打了一个寒战。弟弟用手指着他们的头，咯咯地笑道：

"大头！"

我赶紧打他的手背，不让他指，着急地低声吼道："不许胡说！"喊完以后，我才想到王才娃已经不是凡人了，他已经是小智者了，我不能这么粗暴地对待他。不过，我也不能由着他胡说八道啊，三位智者一定要生气了。

他们没生气。南蒂和森的眼睛都没睁，麦洛耶夫慈祥地说："不要打他，他说得不错呀，我们是世界上最大的大脑袋。知道我们为什么要长这么大的脑袋吗？来，让爷爷抱抱，爷爷告诉你。"

我知道拒绝他的邀请是很不礼貌的，但我看着那个畸形的三位一体的大脑袋，心中不由得打战。奇怪的是，这回弟弟倒不胆怯，顺顺当当地张开双手，让爷爷把他抱到腿上。南蒂和森都睁开眼睛，笑微微地看弟弟一眼，又把眼睛合上了。

麦洛耶夫爷爷细声细语地讲着。他说，人类是靠科学技术而昌盛的，但到了22世纪初，科学再不能发展了。因为已经获得的信息量太大，超过了最聪明脑瓜的处理能力。再没有像伽利略、牛顿、爱因斯坦那样能统观全局的伟大人物了，因而科学发展失去了方向。怎么办？只有两个办法：一个办法是把科学研究拱手让给飞速发展的电脑智能，但那样一来，人类就不再是地球的主人了；一个办法是用基因手术改造人的大脑，使它重新与科学的发展水平相适应。现在，我们三人的脑容量合起来是常人的10倍。不要小看这个数字，因为，10个独立大脑的能力只是一个大脑的10倍，但10个合为一体并网运行的大脑则是10的10次方倍。也就是说，我们三个人现在相当于10亿个最有天才的科学家合在一起工作，还有什么事不能解决呢？当然，我们本人并没有什么了不起，我们只是人类的代表，是分工来专司思考的，就像是蚁群中的蚁王专管繁殖……

我的头嗡嗡响着，不知道自己是否听懂了爷爷的话。弟弟根本就没听，在爷爷身上猴上猴下，还伸手去摸他们长在一起的脑袋。

接见结束了，我抱着弟弟走出透明钟形罩，苏姑姑在门口等着我们，目光中充满羡慕。走出大厅，外面的凉风让我的头脑略微清醒一些，我急急放下弟弟，拉着苏姑姑的手说："苏姑姑，我不该瞒你的，其实我弟弟是个傻子，他不会说话，不会数数，不会擦鼻涕……那天他也没看到藏在沙子下的蛇，只是看见在沙面上奔跑的那只虫虫……让他做智者肯定不行。真的不合适，让我们回去吧，你们再找别的灵童行不行？"

苏姑姑摇摇头，转回头去看罗杰斯和肯特，他们凑过来，弯下腰，怜悯地看着我："孩子啊，孩子啊。"他们不答应，也不回绝，只是叹息着。

那天，我反复地、苦苦地央求他们，同时紧紧拉着弟弟不松手，生怕一转眼弟弟就不见了，等我找到，他已经睡在手术台上……弟弟一点也不理解我的心意，他想跑着玩，一次次用力挣开我的手，我只好紧紧地追在他后边。

晚上，当弟弟睡熟后，我坐在他的床边，不敢睡觉。罗杰斯爷爷来了，摸着弟弟的小手，说了好多话。他说："良女，你是个好姐姐，知道心疼弟弟。当然，做一名智者是很苦的事，一辈子只能坐在那个钟形罩内，三个脑袋连在一起，不能自由活动，不能外出一步。只有当某位智者退休时，才能动手术把连在一起的脑袋切开。可是，这是不得已的选择啊。你知道，蚂蚁是自然界进化最成功的生物之一，它们的强大正是由于群内的分工。蚁王其实是个繁殖机器，她不能出洞一步，只能无休无止地生啊生啊，直到死亡；工蚁专门从事劳动，毫无怨言地抚养别人的孩子（不要忘了，生物界最根本的规则是'尽力留下自己的基因'啊）；你是否知道一种蜜瓶蚁？这种蚁群中竟然分工出专门的'蜜瓶'，它们在腹中存进大量的蜜，靠生物作用使蜜保持不坏。它们高高悬挂在洞顶，一动不动，等饥饿的蚂蚁进来，就用触须拍拍蜜瓶蚁圆滚滚的腹部，它们就吐出一些蜜来喂食。它们是否也很可怜？它们的一生实际只是一件器皿啊。但是为了整个蚁群的生存，它们都毫无怨言地接受了自己的命运。"

他又说："人类发展到今天的地步，智力分工是必走不可的路子。这三位智者就是人类的蚁王，人类的蜜瓶蚁。不过，他们虽然很苦，也能享受到别人不能享受的思维的乐趣，就像你的家人吧，你们是草场看护人，孤零零地生活在社会的边缘，不能与人交往，别人以为你们很可怜的，但你们能享受大自然之美，享受到劳动的乐趣，我说得对不对？所以，你不必为你弟弟的今后担心。"

　　他走了，我泪眼模糊地看着熟睡的弟弟。该怎么办？我知道罗杰斯爷爷说的都是真话，命运给弟弟一个光荣的职位，他将替全人类去思考，受到全世界的尊崇。这一切都是真的，但我心中仍一阵阵地绞痛。唯一庆幸的是，弟弟是一个傻子，是一个不懂事的小孩儿，他不用清醒地面对自己的命运。

　　苏姑姑他们又留我住了三天，让我带弟弟"玩个尽兴"。终于，那个时辰到了，弟弟在睡梦中被麻醉，我流着泪，默默把他送上手术床。苏姑姑随即拉我坐上飞碟离开这里。当飞碟轻灵地盘旋上升，三圣岛变成万顷波涛中的一个米粒时，我禁不住放声大哭，苏姑姑的眼眶也红了。

　　那天晚上，罗杰斯爷爷还告诉我一些事。他说，灵童的甄选实际是由电脑完全随机地挑选，每次只选一个，根本没有什么备选名单。他们到我家去也不是考查，纯粹是礼节性的拜访。原来，弟弟早就被选定了，当电脑中某个不可预测的电子幽灵跳到"王才娃"这三个字上时，他的命运就被决定了。此后，无论是我起劲地吹嘘他聪明也好，说他是傻子也好，对这个结局都没有任何影响。

　　罗杰斯爷爷委婉地说，他们知道我弟弟的智力稍弱，但这没什么关系。智者的智力主要来自于基因手术所新增的脑容量，来自于三个脑袋的联网。至于他的"本底智力"则无关紧要，因为它在联网后的超级大脑中只占十亿分之一的份额。所以，从某个角度看，选中我弟弟这样的弱智者其实是一件好事啊，它既不影响超级大脑的智能，又让这个世界少了一个傻子（他赶快改口为"弱智者"），免去他一生的痛苦。

我想他说得很有道理。我弟弟真的很幸运。

此后三年中，我们得不到弟弟的任何消息。娘想他想得苦，偷偷流泪时，我就拿罗杰斯爷爷的话开导她。后来，娘也想开了，逢人就说我这个憨娃有福。三年后，麦洛耶夫正式退休，新智者王才娃即位，电视上和空中彩屏上登出他的大幅彩照。他慈眉善目，神光笼罩，智慧圆通，绝对看不出是一个8岁的孩子。爹娘乐癫了，连声说："这是才娃吗？都认不出来了，认不出来了。"

照片上没有显出他是大脑袋，更没显出那个连在一起的大脑袋，我也没告诉爹娘。我想，那只是不重要的细节。有时我会痴痴地想，弟弟的大脑已并入那个有10的10次方聪明的超级大脑，它所进行的思考我肯定不能理解了。但不知道在这个超级大脑里，在它的某个角落里，是否还能保存一点低层面的信息呢？关于才娃爹、才娃娘和那个用心尖尖疼弟弟的良女姐姐？

我想，肯定会有的。